痛むだろう、指が

疼痛吧指头

普玄 著
倉持リツコ 訳

勉誠出版

もくじ

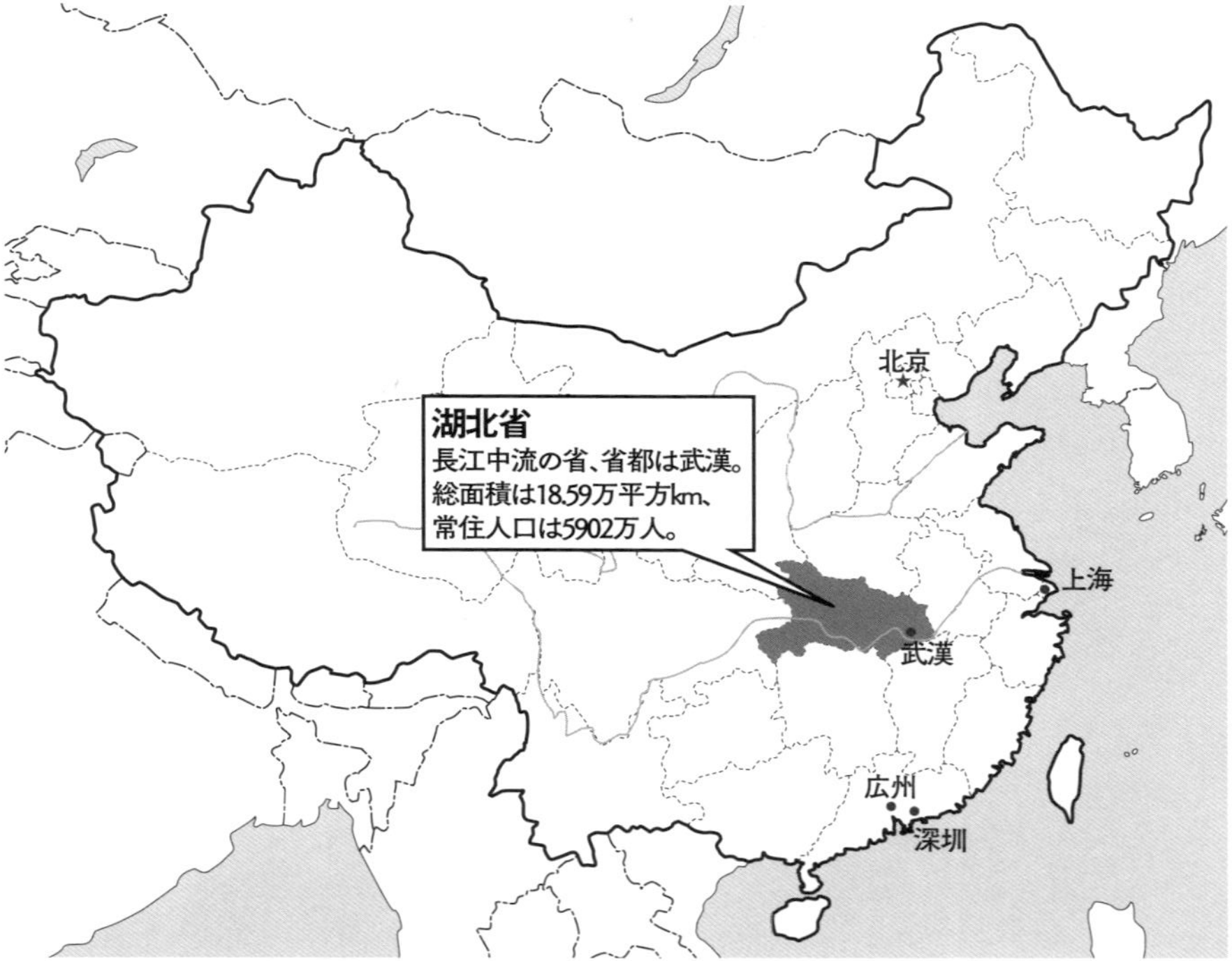
北京
湖北省
長江中流の省、省都は武漢。
総面積は18.59万平方km、
常住人口は5902万人。
上海
武漢
広州
深圳

中国地図

十堰
(自動車の町)
陝西省
武当山
河南省
谷城
襄陽
古隆中
(諸葛亮隠居の地)
神農架
随州
(神農氏の古里)
安徽省
四川省
屈原のふるさと
荊門
長坂坡
孝感
長
江
天門
(陸羽の出身地)
武漢
荊州
赤壁
湖南省
江西省

湖北省地図

第一章

一

春節を迎えようとしていたある日、私は武漢から車を走らせ、漢水（長江支流の一つ）中流に位置する湖北省の谷城県にある田舎町紫金鎮《ズージンチェン》へ急いだ。董永と七仙女(1)が恋に落ちた名所、孝感市を後にし、我らの先祖である神農氏(2)の郷里、隋州も通り過ぎ、そして、「三顧の礼」で有名な諸葛孔明の隠居地、襄陽の古戦場をも通り過ぎた。さらに漢水の中流に注ぐ一本の支流に沿って走り続けて、山間《やまあい》の木々に埋もれた小さな集落に辿り着いた。その時、息子の姿がふいに私の目に入った。

冬の午後の薄ら陽の中、息子は黒ずんだ木の椅子に坐って夢中で指をいじっていた。

二

辺りには誰もいない。白みがかった硬質なコンクリートの道を風が吹きぬけている。沿道の住民たちは家にこもって地炉《ディルー》（囲炉裏）を囲んでいるのだろう。空に太陽が元気なく浮び、道の両側に立ち並ぶ古代建築を模したレンガ造りの建物が白っぽい光を放っている。

道の突き当りにある家の前に、黒ずんだ木の椅子が置かれていた。そこに私の息子が坐っていた。黒いジャンパー、白線の入ったジャージ、白い縁取りのブルーのスニーカー、という格好である。

薄灰色の冬の日差しを受けながら、息子は自分の指をいじっていた。

十数年間、口のきけないこの子はずっと自分の指を困らせていた。焦ったり、怒ったりすると自分の指に噛みつくので、指が傷だらけになった。息子の胸には焔《ほむら》が燃え上がっている。その焔は深い地層の下に封じ込められたマグマのように、息子の胸の奥に閉じ込められて出ようにも出られない。その焔とは言葉であり、声であり、話すことなのだ。普通の子どもにとってそれはごく当たり前のことであり、本能であり、いとも簡単にできることだ。しかし、息子にとってそれはとてつもない難題となり、言葉は地下深く沈められた黒い鉱石になったようだ。

十二歳になった息子と武漢に住んでいた頃のことだった。ある日の夜中、突然発作が起きた息子は激しく泣きながら自分の指を噛みはじめた。噛まれた右手の親指と人差し指の間から血が滴り落ち、口と手が真っ赤に染まった。

息子の泣き声で目を覚ました私が灯りを点けると、暗闇から浮かんだのは、唇と手を真っ赤にし、目に涙を溜めている息子の姿だった。

「どうした?」、私は声をかけた。

もちろん答えは返ってこない、口がきけないのだから。しかし、息子はまるで喋れるかのような表情をして、私をじっと見つめていた。親戚や友人、近所の人たち、医師や自閉症児訓練センターの先生たちなど、息子に会ったことのある人は誰も息子が言葉を話せないとは思わなかったと言う。色白で、明るくてきれいな目をしているこの子が言葉を話せないなんてことがあるだろうか？

私もその現実を理解することにずいぶんと苦しんだ。

灯りの下で、私は、目に涙をいっぱい浮かべた息子と見つめ合った。息子が何に苦しんでいるのか、私にはちゃんと分かっている。息子の胸の中に閉じ込められた焦燥が焔のように燃えあがっているのだ。

通常、人間は閉じ込められた焦燥や苛立ちを鎮める術をもっている。その術とは言葉を使って話すことだ。中国医学によれば心は火に属す。万物の根源をなす五行の中の火は人間の胸の中にあり、夏の象徴であり、方位は南とし、人間の体の奥に潜む。人間の体内に溜まっている火は、話をすることによって少しずつ外へ発散する必要があるのだ。息子を見ていて、その気持ちが痛いほど分かる。

「話したいの？」、私は灯りを点けて息子に聞いた。

答えはなく、息子はただぼんやりと血の滴る指を眺めていた。私もその指を呆然と見つめた。

それから十数年来、その指は息子に噛まれてきた。今年十七歳になる息子は、ほとんど毎日指を噛んでいた。時折、噛まない日が何日か続いたと思ったら、何かの拍子にまた指を噛み始めてしまうのだ。

紫金鎮の集落が目の前に広がっている。古代建築を模した黒レンガの外壁、埃っぽいコンクリートの道が冬の風に吹きさらされている。息子は外壁の前においてある黒ずんだ木の椅子に坐って自分の指をいじっている。強い風に吹かれて、上着のフードがずれている。

指をいじる息子を見て、緊張が私の体を走った。また指を困らせるのではないかと心配して、息子のすぐ近くに車を止め、その様子を注意深く見ていた。幸いに息子はぼんやりしているが、指を噛まなかった。

そんな息子を車の中からじっと見ているうちに、いつの間にか顔じゅうが涙に濡れていた。

三

私の胸にふいに激しい怒りが込み上げてきた。

息子を預けていた家に誰もいないのだ。半開きになった玄関から中に入ると、母屋から裏の炊事場までがらんとしていた。口もきけない子どもをよくもひとりにして、万一迷子になったらどうするつもりなのか。

怒った私は、息子の手を引いて地面を蹴るように通りを歩きだした。

今回、私は以前のように事前に電話で連絡しなかった。突然来たのだから、目の前にあるこれが真実だ。この家の人はいつもこうして息子を誰もいない通りの垣根にひとり坐らせているだろう。もし、息子が勝手に走り出して、どこかへ行ってしまったらどうするつもりなのだ。

息子は喋ることはできないけれど、走ることは得意だ。走りだすと方向も分らず目標もないから、すぐに行方不明になってしまう。

息子は武漢で二度も行方不明になったことがある。そのたびに大騒ぎになった。警察、報道機関、交通機関の関係者、無数の市民を巻き込み、人口一千万の大都市を騒がせたのだ。

言葉の喋れない子どもが行方不明になったら、探しようがない。親の名前も、自宅の電話番号や住所も、バスなどの乗り方も……息子はこの世界の何もかもを知らないのだから。まるで不思議な星に来たかのように、あちこち駆け回り、バスの乗り降りや見物に興味津々だ。

後に読んだ本に書いてあったのだが、自閉症の子どもたちは、ほかの天体から来た「星の子」と呼ばれているそうだ。ならば、世話している人から逃げ出した時、息子は異星人としてこちらの世界を眺めているのだろうか？　息子の目には私たちも異星人に映るのだろうか？

息子が初めて行方不明になった時、見つかるまでに四日もかかった。

当時、私の母が息子の世話をしていた。あれは息子が十歳になったばかりの週末の曇った日だった。息子が行方不明になった知らせを聞いて、私と大学の教員をしている弟が駆けつけた時、突然の出来事に呆然自失となった母は、「あの子に先に食べさせようと思って、朝食を食べに連れていった。お金を払っていた隙に……」と繰り返すばかりだった。私たちに責められるのを恐れたのだ。

私たちは母を責めなかったが、母は自分を責め続けた。息子を探していた数日間、母は食事も取らずに部屋にこもり、食べ物を渡しても食べようとせず、坐り込んで孫の帰りを待っていた。

子どもが行方不明になると、親は生きた心地がしない。この世の全てが死んでしまったように見える。太陽も高層ビルも、都会のアスファルトの道路も、行き交う車も人間も全て命を失い、水分を失って枯れ果てた草木のように見える。マッチ一本の火でもあれば、自分の命も目の前の都会も忽《たちま》ち燃えてなくなりそうだ。

子どもが行方不明になった親はこうして生気を失っていく。あちこち駆けずり回り、方々に電話をかけ、必死に情報を集め、ついに茫然と空を眺める。最初は狂ったように近所で探し回るが、そのあと色々な施設や最寄りのバス停や駅まで足を伸ばす。二、三時間も走り回ればくたびれて足が言うことを聞かなくなる。だが、一刻の猶予も許されないので、息が切れ、汗だくになっても走り続けなければならない。初めはまだ方向感覚があるが、そのうちそれも失われていく。最初は汗も出るが、次第に出なくなる。汗は噴き出しては乾き、乾いてはまた噴き出し、もうそれ以上走れなくなった頃には、出る汗もなくなり、体が干上がっている。しかし、見上げると頭上にある太陽は、相変わらず輝いている。その時、自分がすでに枯れ果てて歩く屍となり、マッチ一本でもあれば燃え出す木屑になっていることに、初めて気付くのだ。

最も期待し、かつ恐れるのは電話が鳴りだす瞬間だ。

息子が行方不明になってから、私たちは尋ね人の広告を新聞に載せ、バス停の広告欄や道沿いの建物にも尋ね人のポスターを貼った。情報提供者には一万元（二〇一八年当時約十六万円）の懸賞金をかけた。ポスターに弟、母と私の携帯の電話番号も載せていたので、鳴りっぱなしの電話に追われるようにして、聞き取ったさまざまな情報をノートに書き留めた。

郊外のゴミ置き場で残飯を漁る子どもを見かけたと聞いてそこへ走ったが、その子はもういなかった。長江大橋のふもと近くの公園で、引取人のない子どもが保護されたと聞いて行ってみたが、会えずじまいだった。ある日、夜の銀行の軒下で家のない子どもが蹲《うずくま》っていると聞いて私たちは駆けつけた。

確かに、その子の顔立ちは息子と少し似てはいたが、別人だった。声をかけても、キィキィと喉を鳴らすだけで、言葉が話せなかった。口がきけないのか、それとも知的障害かもしれない。その子は泥まみれだった。

弟と私はいったん帰りの車に乗ったが、後ろ髪を引かれる思いでその子のそばに戻った。やはり息子に少し似ていると感じたからだ。

「名前は？」

「お家はどこ？」

「お父さんとお母さんの名前は？」

その子は目を見開いて私をじっと見ていたが、返事はなかった。

肌寒い夜だった。季節はもう晩秋に入り、地面にひらひら舞い落ちる枯葉が風に煽られ、ガサガサと音をたてていた。何かその子の体にかけるものがないかとあたりを探したが、寒さを凌ぐものは見つからなかった。銀行の軒下に横たわっているその子のまわりには、冷たいコンクリートと枯葉のほかは何もなかった。

その子と別れた後、しばらく経っても私の胸の疼きは消えなかった。息子のことを思った。息子も口がきけず、自分の名前や住所や親の名前を知らない。あの子と同じなのだ。息子もこの都会のどこかで冷たいコンクリートの床に横たわっているのだろうか？　秋の深まったこの夜中に、小さく体を縮めて震えているのではないのか？

息子が寒さと飢えに耐えているのに、自分がどうして食事をしたり睡眠をとったりしていられるだろうか？　そんなことはできない。休まず食わずに探し続けるんだ、と私は自分に言い聞かせた。

しかし、武漢のような人口一千万の都会では、電話でもらった情報を確かめるのも容易ではなかった。指定された場所が郊外であれば、たとえタクシーを走らせても往復だけで二、三時間はかかる。苦しみに耐えながら根気よく探し続けるしかない。こうして子どもを探す親は少しずつ生気を失い、枯れ果てていく。

一本の電話が入った。期待に胸を膨らませて受話器を取ったが、失望に終わる。期待と失望に翻弄されることの繰り返しだった。一本の電話、一通のショートメール。子ども？　男の子それとも女の子？　身長は？　どこにいるの？　どんな顔？　目の大きい子？　どんな服を着ているの？

私はもう精根尽き果てた。

バスに乗ったまま眠ってしまったことも何度もあった。いつか、沿道のバス停を一つずつ目で追い、息子の姿を探しているうちにいつの間にか眠りに落ち、郊外に向かうバスの中に私ひとりだけが取り残されたこともあった。

電池が切れるまで電話をかけていたので、何度も電池を換える必要があった。情報を途絶えさせるわけにはいかないから、道ばたの充電コーナーで携帯電話の電池をまとめて充電した。それを待っているうちに、壁に寄りかかって眠ってしまったこともあった。

ある日、私は疲れた体を引きずって道沿いのコンクリートのベンチに坐ると、夕日が目の前にあった。あの時ほど真剣に夕日を見入ったことはなかった。カチッカチッと時を刻むように少しずつ沈んでいく夕日を目の前にして、私は自分の無力さを知った。あの時ほど沈んでいく夕日を恨めしく思ったことはなかった。日が沈むと、夜がやってくる。夜が来ると、息子は暗闇と恐怖の中に落とされる。そして、私たちは互いの姿を発見しづらくなる。

ほかにも私の心を打ちのめすことがあった。

「子どもを預かっている。一万元振り込め！」

詐欺のショートメールだった。そのメールを信じたわけではないが、誘惑されそうで、心が痛められた。詐欺師が話す息子の様子は「尋ね人広告」にそっくりだったので、私たちは、疑わしく思う気持ちと信じたい気持ちの間で心が揺さぶられた。

先に子どもに会わせてくれ、子どもに会わせてくれなければ金は払えない、という私の要求に対して、「先に子どもに会わせて、お前が金を払わなかったらどうするんだ」と相手は反論した。「ならば、仲介人を立てるか信用力のある公的機関に金を供託するという方法もあるよ」と私が提案しても、相手は応じてくれなかった。

このようなショートメールがたくさんあった。当時、写真や動画をすぐに見られるＳＮＳはまだなかったので、私は複数の詐欺師を相手に何時間もかけていちいちショートメールでやりとりをしていた。

その時私はふと気づいた。そうだ、指！　噛み傷は重要な特徴なのに、肝心な事を忘れていたじゃないか。

相手の嘘が見抜けたのは、いずれも指に関する細かい叙述からだった。

私が相手に息子の指についてたずねると、

「指？　指がどうしたっ？　ちゃんとついてるよ」詐欺師だ。

「指は大丈夫。白くかわいい指だね」こいつも詐欺師だ。

……

息子の指には特徴がある。傷だらけで、形を留めないほど変形している。これこそ「尋ね人広告」には載せていなかった息子の特徴だ。

四

私は息子を連れて、息子を預けていた夫婦に詰問しようと息巻いて、紫金鎮《ズージンチェン》と呼ばれる山間《やまあい》の小さな町の大通りをつかつかと歩いていた。どういう料簡で息子をひとりにして外に出したんだ？　怒りが私の歩き方を荒っぽくさせた。

息子の手を引く私の手のひらの中には、道沿いの建物の黒レンガのような硬いゴツゴツした息子の指があった。長年、息子は苛立つと自分の指を噛むので、指の傷は破れては治り、治っては破れを繰り返し、傷が幾重にも重なって、今では古い傷と新しい傷の見分けもつかなくなった。息子は指を噛む時、いつも目に涙を溜めてどこかを睨みつけている。そんな息子を見ても、周りの人は何もできない。もし、誰かが止めようとすると、息子は壁や人あるいは近くにある硬いもの、例えばテーブルの角や椅子の角に頭をぶつけるので、それを知って、皆は止めに入ることをやめた。胸の中に溜めている焔が鎮まるまで、私たちは黙って見守るほか何もできなかった。私たちの手にはとても負えないのだ。

いつだったか、私は息子を止めようとして揉み合いになった。一瞬の隙をついて息子は私の指に噛み付いた。一度噛み付いたら息子は放すことを知らない。私の指は危うく食いちぎられるところだった。周りの人たちがいくら大声をだしても、息子の耳には届くことはなかった。最後に暴れ疲れて、息子はようやく噛むのを止めたが、私は痛さで蹲ったまま立ち上がれなくなっていた。立ち上がろうとする気もなくなった。

「この人はお前のお父さんよ。オトーサン、分かる?」周りの人は息子を叱ったが、息子はただ目に涙を浮かべ、罪のない顔をしていた。

もし、噛んでいるのが父親だと知っていて、わざと噛み付いたのなら、私は痛いどころか、むしろ喜びを感じるのだろう。問題は、息子が何も理解していないことなのだ。誰の指を噛んでいるのか？　自分が噛んでいるのは肉親の指なのか、それとも仇の指なのか？　息子にはその認識はないのだ。噛んでいるのは人間の指なのか、それとも木や鉄の塊なのか、息子はそれを分かっているのか？　神のみぞ知るだ。

息子に噛まれた日、私は地面に蹲ってなかなか起きあがろうとしなかった。そして蹲っているうちに、残酷で受け容れがたい現実にようやく気づき、やるべきことが見えた。この先、息子には大学に進学したり、商売を覚えたり、出世したり、金儲けをすることなどとは無縁なのだろう。それどころか、言葉を覚え、自立して生きていくことすらできないだろう。そう期待していた自分が愚かだった。そんな夢みたいなことより、真っ先にやらなければならないことがある。第一の目標は、私が父親だということを分かってもらうことだ。ほかの人と違って、父親は肉親であり、噛んではいけない人なのだ。

息子が十七歳になった今年の冬、その目標は実現できた。どこにいても、私の姿を見ると、息子は手を差し出して私と手を繋ぐ。私の合図に合わせ、ちょこっと顔を突き出してキスをしてくれる。また、別れる時、手を振ったり、「さようなら」と言ったりすることもできるようになった。

さらに大事なのは、息子は人の真似をして五文字までの言葉を言えるようになったことだった。

例えば、爸爸《パパ》、早上好《オハヨ》、爸爸《パパ》你好《元気》、爸爸早上好《パパオハヨ》、などなど。五文字が限界だった。それ以上になると言葉が繋がらなくなり、辿々しくて、発音も不明瞭になる。しかも、残念なのは、この五文字の言葉でさえ息子が自分の意思で言った言葉ではなく、そばにいる人に教えられて、真似をしただけのものだということだ。もし、自分の意思で言葉を言えるようになったら、どんなに素晴らしいだろう。しかし、五文字の言葉を言えただけでも、自発的に話すことに一歩近づいたと思うべきなのだろうか？

息子は食事をとることができるし、箸も使える。だが、魚を上手に食べられない。ひとりでトイレに行けるが、自分でお尻を拭くことはできない。自分でお風呂に入ることができるが、体をきれいに拭くことはできない。いつも濡れたままの体で服を着ようとする。靴を履くことができるが、靴紐を上手に結ぶことはできない。ビスケットやおやつを食べる時、包装箱やビニール袋を開けることができず、噛みちぎって破いたりする。

息子の手をとって、山間の小さな集落を歩き回っているうちに、私の気持ちは徐々に落ち着いてきた。息子を預けている家の主人の黄先生は漢方医としてこの集落の病院に勤めている。この時間だとまだ勤務中なのだろう。奥さんも多分何かの用事があってちょっと出かけていただけだろう。怒りにまかせて黄夫妻に会ってどうするつもりなのか？　何がしたいのか？　自分には何ができるというのか？　たんに黄夫妻を叱りつけたいのか？　そうしたら、息子を連れて帰るのか？　私は自問自答した。

五

息子が十六歳になるまで、私はあらゆる手を尽くした。十数人の医者と四人の漢方医、十数人の専属のトレーナーを換えた。それから、道士にも来てもらい、祈祷を十数回行ってもらった。できることは全部やったと思った。

これ以上どうすればいいのか分からなくなった時、「紫金鎮《ズージンチェン》の黄先生に相談してみたら？」と私の母が提案してくれたので、私はそれを受け入れた。それが最後の手段になるかもしれない。

「これが最後の手段だ」。それは、自分に言い聞かせる言葉であり、また息子に言い聞かせる言葉でもあった。

黄先生は、まさに私が今、息子と一緒に詰問に行こうとしている、紫金鎮で名の知れた漢方医だ。風変わりな容貌、禿げかけた胡麻塩頭。煙草を吹かし、酒も飲む。村の女たちと下品な冗談口を叩く黄先生は、初対面した時、とても神業を振るう名医には見えなかった。

二年前、母は病気にかかり、数十日間微熱が続いた。ずっと入院していたが、もうだめかと思われ、襄陽市内一の病院である襄陽センター病院での入院を打ち切られた。自宅に帰された母は、一ヶ月以上寝たきりの状態が続き、食事も水分も摂らず、トイレにも行かなかった。私の姉は母の死装束まで用意した。そんな時、黄先生が現れた。その治療を受けてから数年経ったが、母は生き延びただけではなく、今では町へ買い物に行ったり、数十年ぶりに友人を訪ねるために、バスに乗ってほかの町に出かけたりするまで回復した。

そう、黄先生は神業を振るう名医なのだ。

漢水中流に位置し、かつて神農が五穀を植えた地であった私の郷里の谷城県では、特に十堰房県方面の山村へ向かう途上にある紫金鎮で、黄先生に関するさまざまな神秘的な伝説がある。一例をかいつまんで話してみよう。町のある学校の校長の義父が、陰斑[3]と呼ばれる奇病にかかって苦しんでいた。都会の大病院をいくつもまわったが、効果がなく発熱が続いた。最後に黄先生に診てもらうと、病気はけろっと治った。しかも、雄鶏を使うその治療法は神がかっていると言われている。雄鶏で病気が治るのか？　黄先生の治療方法はこうだった。夜の丑三つ時（午前二時頃）に、つぶしたばかりの血の滴る雄鶏二羽を、眠っている患者の胸に広げて乗せた。二時間ほど待って、目を覚ました患者に湯薬を飲ませた。その後の一週間、同じ薬湯を飲み続けたら、病気は治った。

これらの話から、この風変わりな容貌をしている胡麻塩頭の黄先生は、神秘的な医術と不思議なパワーの持ち主だと分かった。私たちは母のことをこの目で見ただけに特にそう思う。母は骨蒸病[4]という奇病にかかっていると黄先生は診断を下した。大きな病院でも確実に診断できず、治療法もないと言われた。しかし、黄先生は十数種類の漢方薬だけでその難病を治した。しかも、いずれも安価な薬草だった。

初めて息子を黄先生に会わせたのは二年前だった。大雪の前兆を告げているかのような、厚い雲が空を暗くしていた日の昼下がり、黄先生は口に巻きタバコを咥えながら、息子の脈をじっくりとってからこう言った。「十六歳にしては発育がとても遅れている。せいぜい十二、三にしか見えない。痩せぎすで弱々しく、血色も悪い。この病気の子どもを百人あまり診てきたが、みんな同じように実際の年齢より幼く見える。」

黄先生は時間をかけて息子の脈をとった。巻きタバコが一本また一本と消えていった。その間、黄先生の指を見つめる私は緊張と不安で心が張り詰めていた。私の心は十数年の間ずっと張り詰めたままなのだ。

息子は一歳を過ぎても言葉が話せなかったが、私たちは特に気にしなかった。二歳になってもまだ話せないので、私たちは何かおかしいと思うようになった。額《ひたい》が広く、目がくりくりして、誰にも可愛がられるこの子はどうしたんだろう？　笑うことも、泣くこともできる。笑うと白い歯を覗かせるし、泣くと目に涙を浮かべる。聴力も問題なさそうだ。寝室で遊んでいた息子が、客間のテレビからコマーシャルの音が聞こえると、さっとテレビの前まで走って来ては大声ではしゃいだりする。ちゃんと聞こえているし、泣くことも笑うこともできるこの子が、言葉を話せないことを、まったく不思議に思っていた。後で気づいたのだが、まさにそれらの表面的な現象に惑わされたまま、私たちは徐々に深い泥沼に嵌《はま》っていったのだ。

二歳を過ぎても息子が言葉を話せないことに、私たちはもうじっとしていられなくなった。当時の自宅近くにあった市立病院に連れて受診させた。あの日から、私たちにとって不安と緊張に満ちた日々が始まった。医者は息子の耳を検査したり、口を開けさせて舌苔を調べたりしたが、原因は分からないと言った。つぎに、私たちは市内の名高い病院をつぎつぎとまわった。しかし、結果は同じだった。

湖北省漢方薬科大学の教師をしている弟が、人を頼って湖北省の婦人小児病院の教授に診てもらえるように手配してくれた。その教授は半日かけて息子の聴力測定検査を行った。息子は耳が聴こえないのでは？　それは、私たちがそれまでずっと不安に感じていたことだった。だが、幸いなことに、息子の聴力にはまったく問題ないという結果が出た。

その教授はパブロフの聴力と脳の条件反射理論を長々と説明していたが、私にはよく理解できなかった。その後、教授は息子を広い実験室に連れていった。決められた範囲で指定されたコースに沿って走るよう息子に指示を出してから、息子の背後に置いてある音波測定器のボタンを押した。

いきなり響きだした音に驚いて、息子はとっさにしゃがみ込んだ。やや間をおいて、息子はこわごわとゆっくり立ち上がり、後ろを振り向いてみたが、何も起きなかった。ボーッとしていると再び音が鳴り響いた。驚いた息子は怖がって、またしゃがもうとしたが、少し迷っているようだった。しゃがみたいと思ったが、後ろの様子も気になるようだった。とにかく一回目の時のような慌てぶりではなかった。

「この子の聴力には問題はない」と、教授は、はっきりと告げた。

宙ぶらりんにされた私たちの心はひとまず落ち着いたが、またすぐ不安になった。聴力に問題がないのなら、いったいどこに問題があると言うのか？　どこにも問題がないのに、なぜ話すことができないのか？

つぎに、私たちは咽喉耳鼻科をいくつもまわった。しかし、言葉の話せる患者を相手にしてきた医者たちは、言葉の話せない子どもを見ると、受診に来る場所を間違えたとか、そんな病気はお手上げだとか、というありさまだった。

ようやくある病院のひとりの年配の医者が、息子の舌を器具でほじくって、舌と口腔の連結部を調べてから、発声には問題はないと言った。

聴力は大丈夫だし、発声にも問題がない。それではどこに問題があるのか？

後に私は、自閉症児訓練センターで講義をするようになり、自閉症の子どもをもつ親たちとの交流をして分かったのだが、私たちのように、子どもが発病した初期の段階で確実な診断を得られなかったために、多くの親は治療のベストタイミングを逃がしてしまったのだ。

中国では、出産介入や病気の早期診断は大きな課題とされているが、発育学の知識の普及レベルに関して言えば、子どもの親たちはもちろん、医者の中でも自閉症の初期症状を分からない人が多くいる。自閉症という病名を知らない人すらいる。

息子が自閉症と診断された日のことは、今でもはっきりと覚えている。あれは息子が三歳を迎えようとしていた日の午前中のことだった。武漢市立児童病院の楊という男性医師の診察を受けていた。ＭＲＩ検査を終えて、息子の症状の確認や病理分析を行った後、カルテにペンを下ろそうとした楊医師は、突然私に質問してきた。

「この子は、テレビのコマーシャルを見るのが好きでしょう？」

「ええ」、私たちは答えた。

「もしかして……」

つぎの瞬間、楊医師の言葉はもう私の耳に入らなくなった。カルテに書き込んだ大きな文字が私の目に飛び込んできたからだ。

「自閉症、終生疾患」

私は頭のてっぺんから足の爪先まで悪寒が走り、電気に撃たれたような感じがした。

私は気が抜けて崩れ落ちそうになった。どれだけの時間が過ぎたか分からないが、気が付くと、頭から汗がじわじわと滲み出て、周りを呆然と眺めていた。ごった返しのホールでは医者や患者たちが賑やかに何か話をしているが、不思議なことに、人々が口を動かして喋っているのに、彼らの話声がまったく聞こえないのだ。サイレント映画の世界に投げ込まれたような気分だった。

六

確実な診断を待ちながら、私たちはさまざまな資料を調べ、あれこれと分析をしてみた。自閉症という病気を知ったのもその時だった。この病気は孤独症とも呼ばれ、罹ると一生治らないそうだ。あちこちの医者を訪ねまわっていた時、この病気ではありませんようにと祈り続けた。しかし、狙いすましたように、その岩石は他でもない私たちの頭上に落ちてきた。

自閉症と宣告されたその日、妻は病院のロビーの椅子に座り込んで立ち上がれなくなり、言葉を失ったまま長いこと椅子に体を埋《うず》めていた。

当時、この病気が言語障害を引き起こすことがあるとは知っていたが、それがどれだけ治療の難しい病気なのか、それによって十数年も苦しめられ、その後も長期にわたって、私たちの人生が振り回されることになるとは夢にも思わなかった。

その日から全てが変わってしまった。

それまで前へ向かって走っていた私たちには、道筋が見えて目標も方向もあった。しかし、突然、私たちの目の前にわき道が現れた。わき道を走り出すと、この先に何があるのか、私たちにはまったく想像もできなかった。

息子が重い病気に罹った、それも一生かけても治らない病気だ。障がい者として一生を送るかもしれない、精神的な疾患であればなおさらのことだ。この残酷な事実を受け入れるに私たちには長い時間を要した。

私と妻は数えられないほどの眠れぬ夜を過ごした。身体的な障害なら分かりやすいが、精神的な疾患、とくに近年になってから多く見られるこの種の疾患は、私たちにとって、未知の域であった。少しずつ受け入れていくしかないと、自分で自分を説得する一方、医者の診断は間違いなのだと自分を誤魔化しながら、一縷の望みに縋って生きる気力を取り戻そうとした。

きっと、あの医者が間違った診断を出したんだ。こんな可愛い子が自閉症のはずがない！

一目で分かる。あれは藪医者だ。

うちの子はただ発育が遅れてるだけよ。

そうだ。遅れてるだけさ。今に話せるようになる！

それから、私たちはほうぼうから民間の言い伝えを集めて自分たちを麻痺させた。例えば、どこそこの子が八歳になってようやく喋れるようになったとか、別の子は十二歳になった日に突然言葉を喋り出したとか。例えば、あのアインシュタインだって、四歳までは言葉が喋れなかったし、七歳になってはじめて文字を覚えたじゃないか。また、どこそこの医者が言っていた、この子は病気ではなく、単なる発育の遅れで、発語が遅かっただけなのだ、などなど。

確かに私の郷里には、「かんぬきっ子」という言い方がある。つまり、ずっと口がきけなかった子どもが、門のかんぬきの高さに成長してくると、ある日突然話せるようになるという意味だ。

噂や伝説が私たちの心を暖かく慰め、麻痺させていたが、私たちには分かっていた。病気は紛れもない事実であり、毎日時間になれば暗い夜がやってくるように、確実に存在しているのだ。

息子が三歳の時に自閉症と診断され、治療を始めてから、漢水の中流にあるこの山間の小さな村で、風変わりな容貌をしている胡麻塩頭の黄先生の家に寄宿して、治療を受けるようになるまで、すでに十数年の治療生活を送った。

これからもまた何年かかるのか、予想もつかない。

そうだ、思い出した。息子は自転車が得意だ。片手で乗れる。スケートボードもできる。ボール、定規や棒切れを指一本でまわすことができる。細長いものでも丸いものでも、息子はその手に載せると、簡単に平衡点を見つけて指で回すことができる。

自転車に乗れるようになったのは、息子が湖北省西部の長陽県に住む土家族《トゥチャ》(5)の虞《ユー》先生の家に寄宿していた時のことだ。ボール回しを覚えたのは、武漢の自閉症児訓練センターだ。

子どもが一つの技を習得した時の興奮は形容しがたいものだ。

土家族の居住地を流れる清江（中国の湖北省南西部を流れる長江の支流）の河原で、覚えたての技を私に披露した時、息子の楽しそうな笑い声が近くの道路にまで響き渡った。ボール回しとスケートボードを、息子は六月一日の子どもの日に学校が行った記念行事で発表した。最初、息子は緊張していたが、すぐに慣れたようで、マジシャンのようにボールを回し、教室のあちこちでスケートボードの技を披露し、満場の喝采を受けた。私にとってそれは最も喜びが感じられた瞬間だった。

しかし、息子は言葉を話せないままだった。息子の感覚トレーニングのトレーナーが言うには、息子の平衡感覚は非常に優れていて、訓練すればもっとうまくなる。しかし、運動神経と言語機能は別の器官系統なので、言語能力の上達とは関係がなさそうだ、とも言った。

専門知識のない私は、トレーナーの説明を完全には理解できずにいた。言葉が普通に話せ、自由に動ける人なら、脳の指令に応じて各器官の機能が調整され、連動できるはずだと思うが、それ以上のことは分からないのだ。

いずれにしても、治療は続けなければならない。私たちはいつも不安を抱えて心が宙ぶらりんにされているような状況だった。

七

冬の昼下がりの街道は閑散としていた。私は息子を連れて通りを端から端まで歩いてみたが、どこもがらんとしていた。この町は武漢や十堰房山県から西安につながる旧省道沿いにある。山を通り抜け、多くの町や村を縫うように走るアスファルトの旧省道は沿道の集落に繁栄をもたらした。しかし、高速道路が開通してから、街道沿いの町は寂しくなった。ハナズオウ（花蘇芳）の密生地だった故に、紫金鎮《ズージンチェン》と名づけられたこの町には二十七の村があり、三七四平方キロメートルの広さがある。それにもかかわらず、人口は二万ほどしかないのだ。現在、若者たちの多くは町を出て、都会の谷城や襄陽、武漢へ、さらに南の広州や深圳へ出稼ぎに行っている。郷里を出ていった時、山の特産物である椎茸やキクラゲを持って出かけた彼らは、旧正月などで帰省した時には、都会のファッションや各地の方言など外の世界の見聞を持ち帰った。それだけではなく、博打などを楽しむようにもなった。今、山奥にあるこの町の風俗や風紀は大きく変わろうとしている。

ほとんどの人は村に住んでいて、町で暮らしている人は五千人に満たない。ここの風俗習慣がどれほど純朴なものなのか、一例を挙げることにしよう。県の幹部が村に視察に来た時のことだが、その日、幹部たちが村に来ることを知らされた村民の一人は、アナグマを狩って幹部たちにご馳走するつもりだったが、アナグマに逃げられてしまった。その人は一週間かけてアナグマを仕留め、幹部がいる県庁まで届けに行った。

似たような話はまだまだたくさんある。

これも県の幹部が村を視察に来た時の話だ。幹部たちはある村民の家に昼食を食べにいった。しかし、事前の知らせを受けていなかったので、その家の人は慌ててしまった。そこで川へ行って魚を捕ってこようとしたが、焦ると魚もなかなか捕まらない。その人は家に戻って大きなハンマーを取ってきて、川の中の岩を力いっぱい叩きはじめた。岩の隙間に隠れている小魚の感覚を振動で失わせる算段だ。それで、小魚がたくさん捕れて、幹部へ出すおかずをなんとかしたのだった。

こういう話もあった。二人の村民が喧しく口喧嘩していた時のことだ。そのなかの一人が「大したことないくせに、威張りやがって。おらの家には県のお役人の張さんが、食事に来てくれたこともあったんだぞ」と言うと、相手は急に大人しくなった。しばらく経ってからやっとこう切り返した。「県のお役人の李さんが約束してくれたよ。今度はうちでご飯を食べるって」。そんな話を信じられるか？　と最初私は思った。しかし、県のある幹部は私にこう言った。「誓ってもいいよ。それは全部実際にあったことだ」。

このような長閑な山里の小さな町に住むことは、自閉症の治療に有効かもしれないと私は思った。自閉症の子どもにとって、どのような環境がいいのか、という問題を私はずっと考えていた。人の多く集まる所でたくさんの見識を得て、多くの人と関わることによって、心にしまい込まれている言葉を引き出すのがいいのか？　それとも、静かなところで心穏やかに養生させた方がいいのか？　私は何人もの医者に聞いたが、彼らも答えられなかった。

二年前、私が息子をここに連れてきたのは、黄先生の医術と名声を信じたという理由のほかに、ここの環境も理由の一つだった。自閉症の治療に使用される二種類の漢方薬の一つは麝香《じゃこう》(6)である。麝（じゃこうじか）は非常に見つかりにくい希少動物であり、秦巴山脈の武当山一帯に生息していた。紫金鎮あたりでは猹子《ジャーズ》（アナグマに似た動物）と呼ばれている。毎年秋になると、麝を求めて猟師たちは山に入る。もちろん、目当ては麝香である。

麝香は、自閉症児の神経に刺激を与え、脳神経を活性化させる特効薬の一つであると言われている。長年、多くの漢方医の処方箋を見て、ほとんどの処方箋に麝香と菖蒲が入っているので、私にもその二つを分かるようになった。

しかし、このあたりの山には猹子はもういなくなった。猟師たちの電気ネットにかかって絶滅した。町の漢方薬の店に売られているのは、人工的に化学合成したものにすぎないのだ。

今は、漢方薬までが、化学合成される時代になった。そんなもので脳神経を活性化させるなんて嘘だろう。しかし、これはどうしようもない現実なのだ。ここの町だけではなく、たとえここから五百キロも離れた山奥の房県や武当でも、いや、もっと奥の神農架《シェンノンジャー》(7)でも同じことだ。そんな山奥ならさすがに猹子はいるだろう。いや、電気ネットにやられてすでに全滅した。

暴走する都会人の食欲と科学技術の力は、考えられないほどのハイスピードで山々を囲み、奥まで切り込んでいった。都会人が高級紅茶を飲みたがると言えば、南方の福建省の紅茶の種が持ち込まれ、焙煎の職人まで連れてこられ、あちこちの土地が紅茶畑として拓かれた。都会のレストランで椎茸やキクラゲが人気メニューだと聞けば、山の花梨《かりん》の木を次から次へと切り倒し、長さの揃った丸太にされ、その幹を裏庭や岩山の斜面に架けて、椎茸やキクラゲの栽培を始めた。

紫金鎮の渓谷を走る川は二本ある。それぞれ南川、北川とよばれている。北川は下流で南川と合流して漢水に注ぐ。長江へと流れ込む漢水は、山の清流を長江下流の人々に提供し、その生活は潤う。水豊かなこの町でも店先でミネラルウォーターが並べられるようになったが、地元の人は買わない。なぜ、なんの変哲もない水がペットボトルに詰められるだけで、あんなに高い値段になるのか、彼らには理解できないのだ。彼らが飲んでいる水は、清流から取ってきたきれいな水であり、食べている野菜と肉は、太陽の光と土の養分をたっぷり受けて林の中や山の斜面で育ったものである。このような環境は、子どもの病気の治療に役に立つと私は信じている。

自閉症、又は自閉症スペクトラム（Autism Spectrum Disorder, ASD）と呼ばれるのは、この病気は個人差が大きく、分光器で光の濃淡を順番に並べるように、軽症から重症までさまざまだからだ。個人差はあるが、コミュニケーション障害や、興味や行動の狭さ、こだわりの強さなどは多くの自閉症児に共通した特徴だ。

二〇一五年の最新の調査によると、現在、全世界の自閉症患者数は、六七〇〇万人に達しており、総人口の九・四%を占めている。アメリカ国立衛生統計センター（National Center for Health Statistics）が二〇一六年に出した報告書によれば、三歳から十七歳までの子どもの発症の割合は、四十五人に一人。十三億の人口をもつ中国では、保守的に一%と見積もっても、自閉症患者は少なくとも一千万人を超える計算になる。その中の約二百万人が自閉症児であり、そして、毎年二十万人近くの患者が増えている、という驚くべき急増ぶりを見せている。

私の両親、つまり、息子の祖父母たちは、自閉症という病気を知らなかった。その世代の人たちが見てきた障がい者と言えば、身体障がい者か、後天的な原因によって障がい者になった人だ。例えば、事故で手足に障害を負ったり、医療ミスで聴覚障がい者になったり、先天的な原因で、一目で通常とは異なっていると分かる精神障がい者などである。息子のように、外見は健常者と変わらない子どもの障がい者を私の両親は見たことがなかった。

私も大人になるまで自閉症という病気を知らなかった。同級生、友人、知人やその家族も、自閉症のことを聞いたことがあっても、その病気は知らなかった。どこそこの子どもが自閉症に罹ったとか、その患者数が毎年急増しているとか、そういう話を頻繁に耳にするようになったのは、息子が自閉症と診断されてからのこの十数年のことである。

なぜ、こんなに急増したのか？ 私は何度も医学の専門家たちと議論したことがある。以前では聞いたこともないような、あるいは滅多に聞かない病気が、信じられない速さで私たちの日常生活に入り込み、私たちを取り囲もうとしている。以前は稀にしか見なかった重い病気も今では大量に見られるようになり、しかもその患者の若年化が進んでいる。

今、二十代の癌患者を見ても私たちは珍しく思わなくなった。

今、十代の子どもが脳卒中で倒れたと聞いても私たちは驚かなくなった。

これらの異変は私たちの置かれている環境に原因があるのだろうか？

湖北省西北部の山間部に位置するこの紫金鎮には数十種類の野鳥が生息している。比較的多く見かけるのは、雉やカササギ、ハッカチョウ、スズメ、シジュウカラと啄木鳥、鶚、ヤマバト、ツバメと雁などである。とても珍しい鳥もいる。とくに鳴声のきれいなのは、ハッカチョウと鶻《はいたか》である。黒い体にくっきりとした白い斑模様のあるハッカチョウが飛んでいる時、青空と森に映えて光っているようにみえる。夕日が山を染める時分になると、その鳴き声が山間に響き渡る。

息子はこの鳥が大好きだ。いつもそれを追いかけて街角を走り回る。

息子も鳥のように空を飛び、鳥のように美しい声が出せたらどんなにかいいのに、と私は思った。

八

あの日、黄先生がじっくりと息子の脈をとっている間、私の心はずっと宙ぶらりんになっていた。黄先生が中国医学の専門用語を使いながら細かく説明したが、私には理解しきれなかった。どうやら肝の「気」の不足によって、息子の心の働きが鈍っているらしい。言葉が出ないのは、「心眼」が開かないからとのことだ。

そうであれば、息子が発語できないのは、口腔の問題でもなく、喉の問題でもない。脳に問題があったのか？　いや、もっと正確に言えば、心に問題があったからだというのか？

「五年前に連れて来ればよかった。ちょっと遅過ぎた」と、黄先生は重い口調で言った。

それは私たちにも分かっていた。息子が三、四歳の時、父からとうに注意をされていたのだ。

数十年も故郷の村で小学校の校長をしていた父は、学校に通わせることが子どもにとってどれほど大切かその経験から知っていた。息子が六、七歳の時、父は再び私に注意した。「学齢期を迎えるこの時期は、子どもの治療にとって貴重な時期だ。もし、この時期を逃がしたら、子どもの言葉の発達を遅らせ、その影響が一生続くことになる」。

当然、その時期が大事だということは私にも分かっていた。

しかし、息子は七歳になってもまだ言葉が話せなかった。一つの大事なタイミングを私はこうしてみすみす逃してしまった。

息子が十歳を過ぎた頃、十二歳がこの病気を治療できる最終期限だと、ある人が私に言った。つまり、十二歳は干支で言えば一回りである。田舎の人の言い伝えにいう「かんぬきっ子」はちょうどこの年齢の子どもを指している。十二歳にもなれば、背がかんぬきぐらいの高さになるから、いくら遅れていても言葉を話せるようになる。つまり、十二歳は一つのターニングポイントということだ。

私はその重要性を充分に分かっていた。しかし、息子は十二歳になっても言葉が話せなかった。こうしてまたもや大事な時期を逃してしまった。

希望は次第に遠ざかっていった。

私は時々、自分が幼い頃に湖北省西北部の漢水の畔にある村で勉強していた時のことを思い出す。あの頃、あの常家営《チャンジァーイン》と呼ばれていた村にはまだ電気も通っていなかった。毎晩、ランプの灯やアブラキリの実を燃やした明かりの下で勉強していた。村の人たちは早々と床についたが、我が家の灯りはいつまでも点いていた。弱々しい灯りのもとで私たち兄弟は受験勉強に打ち込んでいた。それは希望の光だった。あの時のランプの明かり、無数のアブラキリの実を燃やして出した光は、私たち兄弟の進学する階段を照らし、都会へ移住する道を照らしだしたのだ。

今、その灯りはどこにあるのだろう？

私の探して止まない光は、どこへ消えてしまったのだろうか？

私は諦めない。たとえ息子が十二歳を過ぎたとしても、希望がだんだん薄くなったとしてもだ。

息子が十五歳になった時、「十六歳がラストチャンスだ」と漢方の知識のある友人は私に言った。その根拠は『黄帝内経』[8]にあるそうだ。『黄帝内経』によると、男子は十六になってようやく「天癸」を迎える。「天癸」とは何か？　その論争は数千年に亘り、絶えることはなかった。性の成熟と主張する者もいれば、精神的な成長と解釈する者もいる。そのほかに、天賦の目覚めを意味すると説く者もいる。それなら、息子も天から賦与されたものにこの年に目覚めるというのだろうか？

十六歳と言えば、ほかの同じ年齢の子どもたちは、学校で物理や化学のテスト問題を解いたり、ラブレターを交換したりし始める年頃である。しかし、息子は、まだ一歳を過ぎればだれもできること——言葉を話すこと——を学んでいた。

息子が七歳になった日のことを今でも私は覚えている。それは二〇〇五年九月一日だった。その日は、七歳を迎えた子どもたちが入学式に出る日だった。ぞろぞろと小学校に登校する子どもたちの姿を目にして、私は、初々しく学校に行く自分の昔のことを思い出した。就学することは、子どもが家庭から新たな世界へ巣立っていくことの象徴だ。学校で、同じ年頃の子どもたちは集団行動をし、騒ぎ立て、さまざまな物語が紡がれていく。しかし、息子はその世界の外にいるのだ。

息子を連れだしてその光景を見せる勇気は私にはなかった。それを見て息子が分かるのか、私には判断できなかったからだ。息子を悲しませたくないが、私がもっと恐れていたのは、それを見ても息子が何も感じないことだった。もし、息子が学校に行く子どもたちを見て悲しがるという反応があればまだいいが、もし、悲しさを感じるどころか、かえってげらげら笑い出したら、私はどうすればいいだろう？　それ以降、散歩の途中に学校が見えると、私はいつも急ぎ足でそこから離れるようにしていた。

息子が十二歳の誕生日を迎えたあの日、私はどうしていいか分からなくなった。誕生日祝いをしてやるかどうかで悩んでいたのだ。自分たちが暮らしているこの都会では、子どもの十二歳の誕生日を盛大に祝うことが習わしになっている。しかし、何を祝うというのか、私には分からなくなっていた。
その日、私はずっと自責の念に囚われていた。
もし……だったら、
もし……だったら、
無数の「もし」が頭をよぎった。もし……だったら、私は健常者で言葉の話せる息子をもつことができたのだろうか？

そして、息子が十六歳も過ぎようとしていた。そんな頃、病気になった母の治療のために、私たちは黄先生と出会ったのだ。その年の冬、この山間の小さな町に住む黄先生の家に私は息子を寄宿させて治療を受けさせた。

息子が十六歳になったあの日から、私はもう嘆いたりしなくなった。朝から晩まで忙しなく過ごした。

「遅すぎた」

「もうちょっと早ければなあ」

以前、私は訓練センターで自閉症児の親たちの講師を務めたことがあるが、その親たちも私と同じように嘆いていた。最初は確実な診断が得られず、何の病気なのかさえ分からない。ようやく病名が分かったと思ったら、今度は治療の最良の時機が過ぎたと言われた。さらに大きな問題がある。病名が確定された後どうするかだ。治療法は？　治療してもらう病院はあるのか？

こんな大きな国の中国だが、自閉症の専門病院があるのか？　肝臓の専門病院はある。心臓循環器の病院も、眼科の専門病院も、リウマチ、婦人科や男性病の専門病院もある。呼吸器や手足病の専門病院まで、さまざまな専門病院が揃っているのに、自閉症の専門病院はどこにもないのだ。

多くの親たちは、私と同じように治療できる病院を見つけられずにいた。私たちは、北京や上海まで行った。小児科や産婦人科の専門病院はもちろん、同済病院や協和病院などの有名な病院をいくつも訪ねまわった。私たちは小児科から耳鼻咽喉科にまわされた。耳鼻咽喉科では自閉症科はないから治療できないと告げられ、最終的には精神内科にまわされたが、精神内科でも治療できないと告げられた。

私はついにある大病院の医師と口論になった。

「治療できないなら、医者をやめろ！」

「治療できないなら、こんな病院、閉めちまえ！」

「世界的な難病だと？」

「どこへ行っても治らないだと？　それじゃ、うちの子をこのまま放っておけと言うのか？」

「エー、アー、本当にお気の毒ですが……」医者から決まり文句しか返ってこなかった。

こんな病院、爆弾でも使って吹き飛ばしてやりたい、あの医者を思いっきってぶん殴ってやればよかった、と毒づきながら、毎回私はやりきれない気持ちを抱えて病院を後にした。そんな風に感じる自閉症児の親は私のほかにもきっと大勢いる。たかが子どもの病気じゃないか、全国どこの病院も治療できないだって？　世界中の病院をまわっても無理だと？　それなら、なんのための病院だ！　格好を付けて患者を馬鹿にしているのか？　どうしてもっと早く来なかったのかだと？　これ以上早く来ることが、私たちにどうしてできると言うのか？

こうして、私たちの病院巡りが始まった。

九

道路に面した黄先生の家には、暖を取るための地炉《ディルー》が造られていた。地炉は、半分は地下に埋められ、半分は地面から出ている。その上に排煙管が付けられ、煙を窓から外に出すようになっている。湖北省の西北部の山間部から武当山、神農架と恩施土家族や苗族自治区まで、ほとんどの家はこのような地炉を使っている。屋内は冬でもとても暖かくて、多くの人は一日中家にこもって地炉を囲んで過ごしている。食事時になると、地炉の上で塩漬けの肉とジャガイモ、春雨や白菜などの鍋料理がグツグツと音を立てている。それ以外の時は、炉の上にヤカンを置いて、一家が地炉を囲んで茶を啜《すす》りながらお喋りをするか、うたた寝をして過ごすのだ。

息子は、炉端近くに積み上げてある冬用の大根や白菜の間を縫って走り回っている。一年が経って、ここでの生活にすっかり慣れてきたようだ。

みんなと一緒に食事をしながら、私は自分の疑問を口にした。「息子ひとりにさせて、行方不明になるなどの心配はないですか？」

「それは心配しすぎだ」と、一家は口をそろえて言った。「ここでは羊やハリネズミを街に放しても、飼い主さえいれば、見つからないことはないよ」と黄先生は言い、ちょっと間をおいて言葉を続けた。「探しに行く必要さえない。どこかの店に迷い込んだとしても、店主たちみんなその飼い主を知っているから、街角や店先をぶらついている人が、これはどこの家の羊だとか、誰々の家で飼っているハリネズミだとか教えてくれるんだ。しっかり繋いでおかなきゃダメだ、街に出てきちゃってるぞ、なんて文句を言ってくる人もいる」

「本当ですか？」

黄先生一家は、この町のことを色々と聞かせてくれた。誰々の家に客人が訪ねてきたとか、見知らぬ車が一台止まっているとか、そんな些細なことでもあっという間に知れ渡る。子どもが一人で現れたら、なおさらのことだ。今では、武漢から口のきけない子どもが来ている、と町の誰もが知っている。武漢から来た口のきけないその子どもとは、もちろん息子のことだ。人々は息子の名前を覚えていないが、それは重要ではない。武漢から来た口のきけない子どもは……と、人々の世間話の種となっている。

黄先生一家の言ったとおりであれば、この町では息子が行方不明になる心配はなさそうだ。昔、息子が行方不明になったことがあったので、私は神経質になり過ぎたようだ。

以前、息子が行方不明になって、どれほどたいへんな思いをしたか、私は今でも忘れられない。捜査しだしてから四日目の朝、私たちのもとにようやく警察から「息子さんが見つかりました」と電話が入った。息子を引き取りに、私たちはすぐさま武漢市児童福祉施設へ駆けつけた。警察は、息子が行方不明になっていた間の足取りを再現してくれた。子どもを発見したのは、バスの運転士と車掌だったそうだ。それで、礼を言うために市のバス会社に向かった。バス会社の人の話によると、夕方、武漢の郊外にある沌口《チュアンクオ》行きの五九六番バスが終点に着いた時、運転士と車掌はバスの中に残っている息子に気づいた。二人は細かく聞き出そうと四苦八苦したが、やっと分かったのは言語障害のある迷子だということだけだった。

息子がしばらくバス会社のサービスセンターに保護されていたが、保護者や家族のことを何も聞き出せなかったので、職員は息子を近くの交番に連れていった。交番のお巡りさんもなんとか保護者の情報を聞き出そうとしたが、結果は同じだった。それで、息子は市の児童福祉施設に送られた。

私たちが急いで施設に着いた時、息子は大きなパンを頬張っていた。

五九六番バスの運転手と車掌にお礼を言いに行った時、バスの運行路線の書いてある看板を見て、私は呆然となった。そして、不思議なことに気付いた。息子が行方不明になった場所は、武昌の徐東の辺りだった。しかし、このバスはあの辺を走っていないのだ。息子の行方不明に気付いた時、映像から手がかりを得ようと、監視カメラの映像を見せてもらうために、私たちは真っ先にバスの案内所に問い合わせたが、偶然にもその日、監視カメラは故障中だと言われた。息子が自宅近くのバス停留所からバスに乗り込んだ後、どうやって乗り換えたのか分からないが、どうやら、途中、何度も乗り換えを繰り返しているうちに、長江を渡り、漢口も通り抜け、最後に漢陽の西郊外行きの五九六番バスに乗って、この終点に来てしまったらしい。

言葉が話せない子どもが、たった一人でよくもこんな遠くまで来たものだ。人波にもまれながら何度もバスを乗り降りし、人混みの中をすり抜けて長江を渡り、大きな町の漢口を横断した息子の姿を想像するだけで、私は冷や汗が背中を流れ落ちるのを感じた。

「紫金鎮では、子どもが行方不明になったことは一度もないんですか？」

「ないね。羊の一匹、ハリネズミ一匹まで、その持ち主は誰なのか、みんな知っている。張さんの家の羊の角が欠けているとか、李さんの飼っているハリネズミの針が柔らかいとか、みんな知っているんだ」

地炉のある土間には大根や白菜、さつま芋からできた春雨が積み上げられていて、屋根の梁には塩漬け肉がぶら下がっている。ひと冬分の食料がそれぞれ決められた場所に落ち着いているし、腰掛け、たらい、靴などもきちんとそれぞれの場所に収まっている。

夕食後、果たして私の車のまわりに人だかりができていた。そこに停めている車は今はじっとして動かないが、そいつは動く世界からやってきたもの、まさしく動く世界の象徴だ。都会ではすべてのものが動いている。通りを歩く人は、知らない人ばかりで、日々変わっている。バスの乗客、スーパーの買い物客も毎日入れ替わる。人も動くし、車も動いている。新しい出来事が毎日起こるし、人の話も絶えず変わる。

夕食後、私は休憩を挟みながら息子のトレーニングを始めた。

「爸爸」（パパ）

「早上好」（おはよう）

「爸爸你好」（パパこんにちは）

「爸爸早上好」（パパおはよう）

短い言葉から少しずつ増やしていきながら、私の言った言葉を息子に復唱させた。それはいつものやり方だが、以前に比べて息子の反応が遅くなっているのに気づいた。なにか迷っているような様子だった。

私はその理由がすぐ分かった。武漢にいた時は、家でも自閉症児訓練センターでもいつも標準語を使っていた。しかし、ここの黄先生一家は方言を使っている。彼らは標準語を話すことができない。この町では標準語のできる人は数えるほどしかいない。それが息子を戸惑わせた原因なのだ。

息子の覚えた限られた言葉は、内容も発音も極めて単純なものだったので、方言という異なる言語系統に入ると、息子は標準語の言い方に対する自信がなくなった。同じ意味の短い言葉でも、私が方言で言うと、息子は困惑してどっちが正しいのか判断できずにいた。たとえ簡単な会話でも、標準語から方言に切り替えることは、息子にとって別の言語であり、彼の耳には異星人の言葉のように聞こえたのだ。

言語を学習する場合は、発音にしても単語にしても、初期の段階にいる人にとっては、ここの大根や白菜などの野菜のように、同じところでじっとして動かないほうがいいのか？ それとも、都会のバスの乗客のように、入れ替わる環境のほうがいいのか？ 幾人もの専門家に尋ねたが、満足できる答えは得られなかった。

私は、以前の同僚のことを思い出した。同僚の子どもは健常者であるが、同じような問題にぶつかったことがある。普段、同僚夫妻は子どもと標準語で話をしていたが、田舎から出てきた子どもの祖母としばらく同居したら、子どもの話し方が変わった。ある日、言い方ひとつをめぐって家族は揉めた。

ちょうど夏だったので、子どもたちは裸足になっていた。祖母は「赤脚《チイジャオ》（標準語で裸足の意味）」と言わず、「脚片児《ジァオピエンアル》」と子どもに教えた。発音だけではなく、言い方自体まったく異なるものだ。奥さんに文句を言われ、同僚は母親を責め、ついに喧嘩になった。

そのことについて同僚と議論したら、彼はこう言った。「『脚片児』は、たかが一つの言い方だけど、問題は、それが田舎の言葉だということだ。そういう言葉を子どもに使ってほしくないのだ」

私は、はっとした。同僚の気持ちは分かる。だが、私が考えているのは別のことだった。都会と田舎はまるで別世界だ。息子の言語障害を克服するには、いったい、どちらの世界がより適しているのかということだ。

十

黄先生の家の屋根の梁には魚の干物、燻製の塩漬け肉や手作りのソーセージなどがずらりと吊るされていた。松の木や陳皮（蜜柑の皮）で燻した肉が掛けてある梁から山の香りが漂ってくる。

それは田舎の春節の香りでもある。この時期、あちこちの都会へ出稼ぎに行った人たちが故郷の紫金鎮《ズージンチェン》に帰ってくる。外から帰ってきた人々は、広州や深圳、北京や上海の息吹を、汽車や自動車と飛行機の匂いを、長江や海の潮風を山里に運んでくる。

私と黄先生は、春節の間に息子をどうするかについて話し合った。

漢水の中流、私の郷里のあたりでは、新年をよその家で迎えることをよしとしない風習がある。今私の住んでいる都会では年明けの七、八日から一斉に仕事始めになるが、黄先生の住んでいるこの山里の田舎町では、旧暦の一月十五日までは正月休みとなっている。ほとんどの店は閉まっており、とくに飲食店や旅館は軒並みに休業する。彼らにとって、春節とは、家にこもって思う存分骨休みをすることなのだ。地炉を囲んで酒を酌み交わし、ご馳走に舌鼓を打ち、窮屈な仕事着を脱ぎ捨てて、ゆったり心身を休ませることだ。

時間の調整は難しかった。

春節の間、息子を私の両親に預かってもらおうと私は考えていた。漢水の中流の小さな町にある両親の家は、ここから車を走らせば二時間以内で行ける。息子にとってもそこは春節を過ごすのにもっとも居心地のいい場所のはずだ。しかし、私の父はすでに八十五の高齢であり、八十近い母は大病から回復したものの、やはり病み上がりの体である。二人とも孫の世話をする年齢はとうに過ぎている。むしろ、ふたりのほうこそ世話をしてもらう人が必要としている。

年明けの七日目から仕事始めだから、春節の前に息子を連れ帰って両親と一緒に過ごさせ、年明けの旧暦一月四日か五日にまた黄先生の家に送り届けようと、私は算段していた。しかし、お正月は家族水入らずに過ごすものだという風習のあるこの地方では、旧暦一月四日か五日といえば、ちょうど息子や嫁、娘や婿たちが帰ってきて家族全員そろって、春節のたけなわを迎える頃である。

それに、もう一つ現実的な問題があった。もし、大雪が降って道路が通行止めになったらどうするのか？

地炉に掛けたアルミのヤカンの湯が沸いた。ヤカンの湯を何度も飲み干したが、私と黄先生はまだ結論を出せずにいた。

息子が病気になってから十数年、毎年この時期に私は同じ問題に悩まされてきた。息子が三歳半の頃、すなわち自閉症と診断されて半年たった頃、私は離婚した。息子は私が養育することになった。数か月後、私と息子は、息子の生まれ育った家を出て、私の職場の近くのアパートで暮らし始めた。

その後、彼女は再婚し、言葉が上手に話せる女の子を生んだ。さらにその後、再婚した私にも口が達者な女の子が生まれた。そういうわけで、息子には二人の妹、二つの家があることになった。

家が二つもあるはずなのに、帰れる家はどこにもないのだ。

今まで、息子が母親の家で春節を過ごしたのは、たったの二回だけだった。二回とも春節前に私が息子を送って行き、旧暦の一月五日あたりに迎えに行った。母親と一緒にいる時間を少しでも長くして、息子に母親の愛情を知ってほしかった。

二〇〇六年、母親の家で二回目の春節を過ごした後、私が迎えに行くと、言葉を覚えたばかりの利発な女の子は、「きらい。もう家に来ないで!」と言った。

息子のことを言ったのだ。

あの夕暮れの武漢の西郊外にある団地の外で、女の子の言葉に私は愕然として言葉を失った。母親も驚いて顔色を変えて娘を叱った。「お兄ちゃんにそんなことを言っちゃだめ。大好きなお兄ちゃんじゃないの」

叱られて、娘はいきなり大声で泣き出した。

あれから、息子は一度も母親の家に泊まりに行ったことはない。十数年の間、会うことすらなかった。ただ、いつか息子が風邪をこじらせ、十数日経っても治らなかった時、二回ほど半日ずつ母親に看病に来てもらったことがある。

その後、私は自閉症児訓練センターで講師をするようになり、自閉症の子どものいる家庭には、幾重もの苦しみがのしかかっていることを知った。一つは、子どもの病気だ。もう一つは親の不仲である。自閉症という病気が一つの家庭にどれだけの苦難をもたらすのか？　どれだけ家族を深く傷つけるのか？　それは体験者にしか分からない。

私は、湖北省の南部の咸寧市にいる自閉症の少年を知っている。キンモクセイと温泉で有名なこの町には、自閉症の克服に成功した逸話がある。それは、咸寧の通山県に住む阮方舟《ルアン・ファンジォ》くんのことだ。今、高校生になっている方舟くんは、一歳を過ぎた頃、自閉症と診断された。看護師である母親の対応は早く、早期診断と早期治療に動き出した。それが功を奏して、方舟くんは普通の子どもとあまり変わらずに小学校から中学校、さらに高校まで進学できた。

私は方舟くんと一度会ったことがある。中学生だった彼はコミュニケーションにはまったく問題なかった。ただ、話が止まった時、その動作が健常者の子どもと比べて少し遅いだけで、そのちょっとした違いも、注意して見なければ気づかないほどだった。その後、方舟くんは高校受験に合格し、数学は不出来だったが、その他の科目は中レベルに達していた。本当に周りに愛される子どもだった。

しかし、そんな方舟くんでも、父親に会えない辛さを味わった。彼が自閉症と診断されて間もなく、両親は離婚した。南方へ渡った父親は、後に再婚してまた子どもをもうけた。父親に逢えない方舟くんは、大きくなるにつれて父親を意識するようになり、父親を恋しく思うようになった。春節に帰省した父親にすがりついて泣き続けた。春節休みが終わり、父親が仕事に戻ろうとすると、方舟くんは外まで追いかけて放そうとしなかった。その子には理解できるはずもないことだが、父親はすでに新しい生活を始め、別の家庭ができていた。

自閉症の子どもをもつ夫婦の離婚率は非常に高い。その原因はさまざまだろう。夫婦喧嘩かもしれないし、経済的な理由かもしれない。しかし、子どもの病気こそその最大の原因だと私は思う。子どもがこの病気にかかると、親は希望を失い、家族の未来が見えなくなり、病気と関係のないことまで対立しがちになる。

自閉症児訓練センターで、私は、方舟くんと似たような境遇の子どもに出会った。

ひとりは、何年も治療を受け続けた男の子だった。回復の兆しが見られなくなると、両親は離婚した。父親はよその土地で新生活を始めた。間もなく、母親も子どもを置いて家を出た。幸いなことに、その子には面倒を見てもらえる祖父母がいた。親代わりになった祖父母は、年金をはたいて孫を訓練センターに通わせながら、あちこちを回って治療法を探した。

毎回、センターでその二人の老人に会う時、私は心のなかで祈らずにはいられなかった。どうか長生きしてください。この子が生きている間、お二人が百五十歳まで生きてなければなりません、と。

もうひとりも男の子だった。その子が自閉症と診断されると、父親は蒸発したように姿を消した。母親は自宅の立ち退き助成金を療育の費用にし、子どもを連れて、湖北省西北部の房県の山間部から武漢の自閉症児訓練センターに来た。

私はその母親に聞いたことがある。「もし、補助金を使い果たしても、子どもがまだ話せるようにならなかったら、どうするつもりですか？」

私の問いに対して、母親は一瞬呆然とした後、こう答えた。「そんなことは考えたくない、一週間先のことでさえ考えられないのです」。

自閉症の子どもをもつ親たちはみなそうだ。あまり多くを考えたがらない。未来のことは考えないことにしている。どこまでの先を未来と言えるのだろうか？　一週間？　一年？　それとも三年、十年？

現在は過去の未来である。今、息子は十七歳だが、十七歳の今は、三歳の彼にとっての未来だと言える。しかし、三歳の彼が自閉症と診断された時、または私が妻と離婚した時、その後十数年の間、息子が家なき子として生きねばならないという未来を、当時の私に想像できただろうか？

十一

地炉の上のヤカンの湯を飲み干しては、何度も足した。だが、私と黄先生はそれでも結論を出せなかった。

春節になると、私は息子を私の両親の家に連れて数日を過ごさせていた。それは、十数年来の解決方法になっていた。しかし、このやり方がいつまで通用するのか、考えると不安になる。両親の長生きを祈るしかない。

今、息子は十七歳だ。私が息子の母親と離婚してからの十四年間、息子が春節を母親と一緒に過ごした二回を除けば、すべて私の両親と一緒に過ごしてきた。息子が今の私の家で春節を過ごしたことは一度もなく、十数年来、あちこちでずっと漂流生活をしていた。よその家に預けられるか、訓練センターで過ごすか、あるいは漢方医の先生の家に寄宿させていた。湖北省西部の長陽土家族自治県にある虞《ユー》先生の家には約三年、武漢市漢陽の雑貨商を営む人の家に半年あまり、それから黄先生の家……合わせて五、六年になる。

自閉症児訓練センターに通っている子どもたちは全国各地から来ている。親たちは学校の近くでアパートの一室を借りて住んでいる。子どもの世話をするのは、ほとんど親だが、祖父母が来て子どもの世話をする場合もある。私たちも学校の近くにアパートを借りて生活しながら、そこから息子をセンターに通わせた。息子の世話はお手伝いさんにしてもらっていたが、責任感の薄い人が多く、数年間は母が武漢まで来て息子の世話をした。

妻との協議離婚の取決めにより、息子の親権は私がもつことになった。後に私は再婚し、息子には新たな母親と妹ができた。しかし、四人家族の新しい家では、全員そろって春節の終わりまで過ごしたことは一度もない。四人で一緒にいられるのは、三日間が限界だった。

私は顔を深く沈めて地炉のそばでうなだれていた。凍りつくような真冬に、男が数百キロ離れた都会から山里に来て、息子にどこで春節を過ごさせるか、という悩みを年寄りの漢方医と相談している。そんな情けない男を見たら、人生の失敗者だ、と人は軽蔑するだろう。

もうすぐ春節だ。私にとって、春節は自閉症の子どもをもつ父親の数十年の人生を映し出す鏡のようなものである。この季節になると、自分には言葉が話せない息子がいる、息子は山奥の小さな町に寄宿させられているという現実を忘れるな、と誰かに叱責されているような気がしてくる。

この季節になると、遠いところへ出稼ぎに行った人たちは、春節を過ごすために故郷の紫金鎮に帰ってくる。彼らが求めているのは、腹を満たすための金銭だけではない。家族団欒の喜び、一緒に食事をしながら語り合う場所を求めて、彼らは故郷の家族のもとに帰ってきたのだ。その場所を家と呼ぶ。家には部屋があり、はしゃぎ喚く子どもがいて、愛がある。

しかし、今の私の家に息子はいないのだ。十数年来、息子のために、一台のベッドすら用意してあげなかった。家には息子の息づかいを感じられるものは一つもない。ランドセル、マグカップ、歯ブラシ、靴や衣類など、息子の形跡を示すものは何一つない。うちは三人家族で、子どもは可愛くて利発な女の子ひとりしかいないと、近隣の人や同僚、知人や友人は思っている。新しい家庭では、息子のことは、衝突を引き起こす敏感な話題となっている。私は冷静さを失った時、なぜ、息子の面倒を見ないのかと、妻を責めた。

「実の母親がいるじゃないか」と妻は反論した。そして、こう言った。「もし、実の母親が亡くなり、あなたも死んだら、あの子の面倒は私が見るわ。継母だもの」

彼女の言うことは正論だったかも知れない。しかし、それぞれの事情があるから、実の母親は面倒を見てやれない、父親もむりだ、継母も頼りにならない。その結果、息子は誰にも頼れない家なき子になった。

その状況を前にして、私は、運命、愛と家族について深く考えさせられたような気がする。物事に対して、明確に筋道を立てて理屈をつけて細かく考えたりすると、愛は消えうせてしまう。愛がなければ、人は拠り所がなくなる。拠り所がなければ、運命は宙に浮いたままになる。突き詰めて言えば、運命は、落ち着き先しだいだ。落ち着くところに愛があるのだ。

息子の今の落ち着き先は、私の両親、息子の祖父母の家だ。

黄先生の家の地炉にかけたヤカンから絶えず湯気が吹き上がり、家の中をぽかぽかと暖かくしていた。地炉、ヤカン、湯呑み、立ち上る湯気、それらのすべては家族の団欒を感じさせるものである。春節がそこまで来ているのに、私は息子を家に連れて帰ることに躊躇している。

私は、息子の母親と離婚届けを出した日のことを思い出した。あの日の朝、息子はいつもより早く目が覚め、突然泣きだした。まるで二人の離婚をやめさせようとするかのような泣き声だった。地球以外の天体から徐々に近づき、次第に強くなり、ついに胸が切り裂けるような激しい泣き声となった。

しかし、息子の泣き声は、家庭の崩壊を防ぐことができなかった。その日、私は息子の母親と離婚の手続きを済ませ、赤い結婚証書を返納し、青い離婚証明書を受け取った。私たち二人が家に戻った時、息子はまだ声をだして泣いていた。帰宅した両親の顔を交互に見つめる息子の前で、私たちは楽しげに談笑するふりをしてみせた。息子は、ためらう表情を見せたが、一緒に笑った。

私たち二人は秘かに呟いた。「あの子に勘づかれたのだろうか?」、「健常者の子どもならともかく、まさかあの子に気付かれることはないだろう」

ちょうど二〇〇二年の春節の日、いよいよ家を出る時に雪が降りだした。家をあとにした私は、息子を肩車して武漢の西郊の畑道を歩いていた。息子は赤と白のチェック柄の綿入ジャケットを着ていた。雪がゆらゆらと舞い上がり、畦道に積み上げられた野菜が雪に覆われ、あたり一面は静寂に包まれていた。

私は雪の積もった道を眺めて息子に言った。

「パパはママと別れた。この家ともさようならするよ」

息子は答えているように、私の肩の上からアーッ、ウーッ、と言葉にならない声を発した。

「ママと別れたんだけれど、二人ともお前を愛してるよ。これから、お前には二つの家がある。どっちの家でもお前を大事にするからね」

今から思えば、私も元妻も約束を守らなかった。息子には二つの家があるように見えるけれど、どちらの家にも彼のベッドもなければ、彼の気配もない。彼の居場所はなかった。

息子は家なき子になったのだ。


黄先生の家の外に停めた私の車を囲んで、人だかりができていた。みな黄先生の隣人である。毎回私が来ると、彼らは見物に押しかけてくる。遠慮というものをまるで知らないようだ。私が黄先生の母屋の茶の間に腰を下ろすや否や、「ちょっと裁縫箱を貸して」、「お湯を少しちょうだい」、おばさんたちは入れ替わり立ち替わりにやって来る。私の顔を見ると、挨拶もそこそこに、さっそく質問詰めが始まる。家はどこ？　家族は何人？　お子さんは？……おばさんたちはあらゆることに興味津々で、何でも知りたがる。最初、彼女たちは用があるから来たと思っていたが、あとになって、用事をダシに偵察に来たのだと分かった。それで、私のほうから外に出て話しをすることにした。そうでもしないと、彼女たちは次から次へ入って来て、地炉の傍に陣取って根掘り葉掘りと聞き取り調査を仕掛けてくるだろう。

「春節が近いから、息子さんを迎えに来たのかい？」

「ええ。そうです」

「あんたの住んでいる都会でも、春節は賑やかなの？」

「まあ、今はどこでもそんなに変わりありませんよ」

私は話題を春節にしぼった。この数年、全国各地を回った時の体験を話して聞かせた。「いつも息子を連れて各地を楽しく見物し、いろんなところで春節を楽しんできました。それが都会人の春節の過ごし方なんです」。

人々は想像の世界に浸るようなうっとりとした表情を見せながら、まだどこか物足りないような顔をして帰っていった。

十二

地炉のそばでお茶を啜りながら、私は黄先生と息子の治療の話をした。

どうしたら息子が話せるようになるのか、それが私をもっとも悩ませていたことだった。黄先生の家に息子を預けてから一年あまりになる。その間、何度もここに来たが、黄先生が息子に治療を施す場面を一度も目にしたことはなかった。私が想像していた場面――鍼灸を受けるとか或いは湯薬を飲ませるとか――はなかった。なぜだろうか？

黄先生はゆっくり巻きタバコを吸いながら、こう説明した。「まだ、その時ではないんだ。この子にとって、病気の治療や言葉の問題よりも、先にやるべきことは発育を良くすることと、食事と体調を整えることだ。この子は今十七歳だけど、十三、四にしか見えない。まず、食事を改善するべきだと思うよ」。

食事と発語することの間に、どれほどの関係があるのだろうか？　あるいは、その二つを同時進行はしていけないのだろうか？　私は、目に見える、はっきりとした効果を早く見たいのだ。

私の心を読みとれたように、黄先生は口を開いた。「体の発育は食事に左右される。この子の発育が正常の子と同じようになった時、言葉も話せるようになるだろう」。

黄先生は巻き煙草を吸い続けて、私の焦燥と不安を少しも気にしていないようだ。一年ほど前に息子を連れてここを訪ねた時、黄先生は煙草を吸いながら息子の脈をとっていたが、その時から私の心は不安で宙ぶらりんになっていた。

「神医だ」と、湖北省漢方医学薬科大学で医学古文を教える弟は傍からしきりに黄先生をおだて上げ、必死に頼み込んだすえに、黄先生はやっと息子を診る気になって、自宅に寄宿させて治療することを承諾してくれた。だが、寄宿生活してから、食べたり寝たり、水を飲んだり、トイレに行ったりするだけの毎日を送っている息子を見て、私はもどかしくて仕方なかった。しかし、「発育が遅れている今、力を入れてやるべきことは治療ではなく、食事を整えることだ」と黄先生は主張して譲らなかった。

長年、私は多くの漢方医の治療を見てきて、医食同源の理論もたくさん聞かされてきたから、黄先生の言っていることが理にかなっていると分かるのだ。漢方医学によれば、食事も睡眠もすべて薬になる。変化は毎日の生活のなかで起きている。また、子どもの生活習慣によってその治療の効果も異なる。そう考えると、変化はないように見えても、実は変化が起きているとも言える。ならば、これまで飲んだ数々の煎じ薬、受け続けてきた鍼の治療が、量的変化を積み重ねていると言うのだろうか？　だが、その量的変化、目に見えない積み重ねは、時間を要することであり、親の経済力と心身の健康と引き換えにしているのだ。一日また一日、ひと月またひと月、一年また一年、私たちはこうして消耗している。

息子はかつて武漢市漢陽にある帰元禅寺近くの斉《チー》神医のもとで、約五年間治療を受けた。当時、私たちは毎週二回斉先生の診療所に通った。毎回、治療後に袋入りの漢方の煎じ薬が処方された。計算すると、年に百回以上、五年間では五百回以上になる。しかし、五年間通い続けた結果、私たちは諦めることにした。薬代が高すぎるのだ。五年間でかかった金は数十万元にのぼる。

それだけではなく、通うことにも限界を感じた。診察と治療の時間を除いても、武昌からバスを乗り継いで診療所まで往復するのに七、八時間はかかる。斉先生は私たちに配慮して、毎回、数十人もの患者が待っているにもかかわらず、いつも私たちが行くと、優先的に診てくれた。

それだけ治療を受けてきたのに、なぜ、変化が見られないのか？　それが一番の理由だったのだ。すでに変化が起きているかもしれない。なんと言っても、これだけの煎じ薬を飲んだことは無駄ではないはずだ。きっと効果があるのだろう。しかし、その変化は、ちょっとした火種でも引火してしまいそうな私たちの焦燥感と比べれば、取るに足らないほど実に微々たるものだ。

もし、「病気は完治できる」と医者が約束してくれるなら、私たちはいくらでも耐えられる。治療に時間がかかっても、治療費がどんなに高くても最後まで踏ん張れる。それはこのような子どもをもつ親の宿命なのだから。命をかけて最後まで頑張る覚悟もできる。しかし、明確に言ってくれる医者はどこにもいない。私たちが命をかけているのは不確かな未来に過ぎないのだ。

このような微々たる変化を待っている間に、私たち自閉症児を持つ親たちは長い間苦しめられ、消耗させられてきた。ほとんどの親は、この長期戦に蓄えが尽き果てるまで耐えている。

約五年間、漢陽の斉神医の治療を受けたが、やはり医者を換えることを決めた。その決定を出すまで、私たちはずいぶん迷った。最後には、漢方薬科大で講師をしている弟も換えるべきだと言ったので、家族全員で決断した。このまま進んでも先の道筋がまったく見えないなら、道を換えて光を探していくしかないのだ。

そこで私たちは、鍼の神様だと言われる名医の李家康《リ・ジアカン》先生に出会った。

李先生は大病院の勤務医だが、夕方、病院での勤務を終えてからその診療所に急いでやってくる。その時にはすでに彼を待つ患者が番号札を手にして、長蛇の列をなしていた。息子は煎じ薬の服用から鍼灸に切り替え、私も鍼灸名医の迫力を目の当たりにする機会があった。鍼を刺す李先生の手際は鮮やかだった。

夕日が都会のビルを赤く染め、大通りが車の音や行き交う人の声に包まれる頃、武昌の積《ジー》玉橋《ユーチャオ》の近くにある李医師の診療所も賑やかになりはじめた。小さな診療所だが、壁一面に「鍼の神様」や「天下一の名鍼」の文字が印された数々の錦の旗（中国では感謝の印として旗を送る風習がある）が掛けられている。集まった患者たちは、まるで救いの神の出現を待ちわびているように、辛さを堪えて李先生を待っていた。李先生が姿を見せると、長い行列が次第に静かになり、患者たちは落ち着いていく。

李先生の患者のなかで、息子はもっとも複雑で、慎重さを要する患者だった。

「イタっ、痛いよぉ」とほかの患者たちは大声で喚いている。だが、彼らの受ける鍼治療の場所は肩や腰や太腿である。息子は静かにしているが、鍼を刺す場所は頭部である。李先生の施術が始まると、すっかりと静かになった患者たちの視線は、李先生と息子に注がれる。

無数の鍼が息子の頭に刺さっている、まるでハリネズミのようだ。見るだけでも痛々しい。しかし、それでもまだ足りない。もう一本ある。李先生が長さは頭を貫通するほどの針を取り出すと、患者たちはざわざわし出した。

「あんな長い鍼、初めて見るわ」

「それ、人に使うの？」

「あんな長い鍼、豚のお尻ならともかく、人間に刺すなんて」

「誰に使うの？　まさかあの子に？」

「そうみたいね」

そのとおりだ。その長い鍼は一人の子どもに使うものだ。その子どもとは私の息子だ。その長い鍼で息子の頭を突き刺すのだ。

ありがとう、息子よ。よく耐えてくれた。夕陽の中、息子の頭はすでにハリネズミのように無数の鍼が刺されているのに、さらにあの長い鍼に耐えなければならない。見ているほうが怖くなって、目を覆う人や視線をそらす人もいた。施術する手の動きを緩め、神経を集中させて施術している「鍼の神様」の額にもうっすらと汗が滲み出ている。しかし、頭いっぱい鍼を刺している本人は却って楽しそうな顔をしている。

息子のそういうところが本当にすごいと私は思う。言葉の話せない息子は、十数年来どれだけの鍼に刺されたことか。しかし、痛いと声を上げたことは一度もなかった。痛いと言えないのだ。痛みで体をバタバタさせながら喚く大人たちを見て、息子が理解できないように、周りの大人たちも息子を理解できない。

息子よ、すぐ終わるから、もうちょっとの辛抱だ。明日になればよくなる。きっと話せるようになる。目の前の夕日が沈み、明日の朝日が昇る時、お前はきっと話せるようになる。

息子よ、もう少し耐えてくれ、頑張ってくれ、あと一本、あと一本だけだ。今までのはダメだったが、この最後の一本は効き目があるんだ。パパには分かっている。この最後の一本は、お前が喋れるようになるように、お前のお爺さんとお婆さん、ひいお爺さんとひいお婆さんがわざわざ寄越してくれたんだよ。

息子よ、お前はパパの会った中で一番勇敢で一番偉い子どもだ！　お前はヒーローだ、パパの小さいヒーローだ！

息子よ、お前はみんなのお手本だ。みんなはお前を見習わなければ。

十三

冬の朝日が射し込むなかで、息子は小さな山里の紫金鎮《ズージンチェン》を走っていた。旧省道を横切って、交差点の角にある朝食の屋台めがけて走っていった。私はその後から付いていった。黄先生の家から交差点までは真っ直ぐな一本道である。町役場の建物を除けば、両側には店舗が軒を連ねている。街道を突っ切ると交差点に出る。高速道路はできたが、この旧省道は依然として車の往来が絶えなかった。自閉症の子どもには付き添い人がいなくてはならない。私にとって一日の最初の仕事は、危険から子どもを守ることだ。

昨晩、私は興奮して眠れなかった。息子が一つの危険を乗り越えることができたのをつぶさに見ていたからだ。乗り越えたその危険とは、マグカップにお湯を注ぐことだ。

息子は十七歳にもなっているが、今までマグカップにお湯を注ぐことはできなかった。昨晩、私と黄先生が地炉のそばで話をしていると、黄先生は息子に「パパにお湯を出して」と指示した。

息子にそんなことができるのか？

息子は少しのためらいと興奮の混じり合った表情をみせたが、黄先生の指示に従った。まずゆっくりマグカップをテーブルの上に置くと、壁際に置いてある保温ポットを取ってきた。白いマグカップ、赤い保温ポット、薄暗い灯りの下で見ても、それらの色の違いは鮮明だった。自閉症児にとって、色の違いがどれほどの意味をもつのか？　先にそれを説明しておく必要がある。

自分が何歳から色の違いを意識しはじめたのか覚えていないが、特に親に教えてもらった記憶はない。周りの人たちと一緒にいて、知らず知らずのうちに覚えたのだろうが、人にとって、とくに子どもにとって色は、実に大きな意味をもっていると思う。色によって世界が分けられているともいえる。

白いマグカップがテーブルの上に置いてある。テーブルは黄土色である。赤い保温ポットが地面に置かれている。地面は黒である。息子は赤い保温ポットを持ち上げ、白いマグカップに湯を注ごうとする。保温ポットの中身は「熱湯」というより「危険物」と言い換えたほうが正しい。熱湯は危険だ、だから、人間は危険を封じ込もうとしてコルク栓というものを発明した。

息子が通っていた自閉症児訓練センターでは、危険物の怖さを知らない子どもが実に多い。例えば、電気は危険物だが、多くの子どもが素手でコンセントを触るので、学校側はコンセントを高いところに取り付けるようにしている。階段も危険な場所なので、学校の階段は非常に緩やかに造られている。

保温ポットの下部が大きく膨らんでいるので、息子はちょっと重たそうに持ち上げた。

私はハラハラした。止めようとも思ったが、ぐっと堪《こら》えた。

マグカップに一杯の湯を入れる過程に手順が幾つあるのか、息子がお湯を注ぐのを見てはじめて分かった。健常者にとって、それは日常生活の中でごく基本的なことの一つだから、せいぜい一つや二つの手順を踏めばことが足りるだろう。しかし、自閉症児である私の息子がマグカップにお湯を入れる手順は次のようだ。

一、マグカップを置く。マグカップはテーブルの端のほうに置くが、端っこに寄りすぎてもいけない。

二、保温ポットをテーブルの近くまで持ってくる。

三、保温ポットを地面に下ろす。なぜ、保温ポットを下ろすのか、栓を抜く必要があるからだ。自閉症の息子は、片手で栓を抜き、もう片手でお湯を注ぐことができない。

四、栓を抜く。自閉症の子どもにとって、これはとても重要な動作である。付随的な動作ではなく、独立した動作である。栓を取って、取った栓をテーブルの上に置く。普通の人なら、左手で抜いた栓を持ったまま右手で湯を注ぐが、自閉症の子どもの場合は、栓をテーブルの上に置くだけではなく、取った栓のどちらを上向きに置くか、それも教えなければ分からない。

案の定、息子は湯気の立つほうを下向きにしてテーブルに置いた。

黄先生はそばから息子の間違いを指摘し、湯気が立っているほうを上に、湯気のないほうを下にして置くようにと教えた。その動作はそれまで何度も練習してきたそうだ。息子はちょっとためらったが、黄先生の指示通りにできた。
五、もう一度保温ポットを持ち上げる。
六、保温ポットを支えるように持ち上げる。片手は取手を持ち、もう片手は保温ポットの底、または膨らんでいる下部に添えるように持つ。
七、マグカップの位置とその状況、空っぽなのか、湯を入れてもいいかを確認する。
八、お湯を注ぐ。
ようやくお湯を入れはじめた。息子がお湯を入れているのを見て私は心臓が口から飛び出してしまいそうになった。湯気が立つ熱湯は危険物であり、エネルギッシュなものである。例えば、電気や火、それから、権力や愛情も似たような性質があり、常に危険が伴う。熱湯は高温であるため、人に火傷を負わせる危険がある。

ようやくお湯をマグカップの中に注ぎはじめた。

「マグカップをよく見て！」

「こぼさないで！」

「いいぞ、いいぞ、その調子だ。注ぎ口に合わせて！」

立ち上る熱気とともに、一筋の白っぽい液体、湯気のたつ白っぽい液体が注がれた。それは危険物だ。しかし、この危険物は役に立つものである。冬に飲めば、喉の渇きを癒し、体を温めてくれる。危険物ではあるけれど、ありがたいものでもある。

「ストップ！」

「ストップ！」

「ストーップ！」

私と黄先生は異口同音に叫んだ。

自閉症の子どもがお湯を入れる時、もう一つ手順を増やしておくべきだとその時私は気づいた。それは「停止」である。

九、停止する。そこに置いてあるマグカップの七分までお湯を注いだら手を止める。中国には「茶は七分目、酒は八分目まで」という言い方がある。

私たち健常者も、たまにはうっかり手を滑らせてこぼすことがある。しかし、自閉症の子どもは、いつもこの「うっかり」状態にいる。お湯を注ぐ時、彼らは停止の意識をもっていないので、それを意識するようになるには繰り返し訓練する必要がある。

十、保温ポットをおく。

十一、栓を閉める。

十二、栓を閉めた保温ポットを元の場所に戻す。

息子は黄先生の指示を聞き、手を震わせながらお湯を入れたマグカップを私に差し出した。私は慌てて手を伸ばして受け取った。その時、私の頬から涙が流れ落ちた。

その晩、私はお湯をたくさん飲んだ。息子がお湯を入れる時の過程を楽しみたかったからだ。何回かやっていくうちに、息子は栓を置くことも停止することもかなりスムーズになった。息子の進歩はささやかなものだけれど、私はとてもうれしかった。

紫金鎮の街道に降り注ぐ冬の朝日は、羽ばたく黄金の小鳥のように耀いていた。息子も小鳥の仲間になったように、冬の朝日を浴びて軒を連ねる店の前を駆け抜けていった。その顔に昨晩湯を入れた時の興奮がまだ残っている。私も胸を弾ませていた。

危険から身を守ることを学ぶことは、息子のような「星の子」と呼ばれる子どもたちにとって、この地球に生きるための必修科目である。実際、健常者の私たちも同じことであろう。現在、私たちが日常的に食している大根や白菜、または米や小麦粉などは、神農の時代に生きていた我らの祖先が、まったく未知の、数多くの危険なものから選別し、試みに食べ、最終的に食物として定着させたものである。危険を克服して、生きるための糧を手にする知恵の中に人類不滅の秘密のコードが隠されているのだ。

息子が清々しい朝日を浴びて元気に走っている姿を見て、私の気分も高揚してきた。その時、ちょっとしたハプニングが起きた。小さな売店を通りかかった時、息子は商品棚に置いてあったインスタントラーメンの一袋をつかむと、いきなり猛スピードで駆け出した。店主はカウンターの奥から出て追いかけていった。私は最初何が起こったか分からなかった。

春節間近の朝、山の特産品を売る人や春節の買出しに来た買い物客で、紫金鎮の市場はごった返していた。店主が息子に追いついた時、ラーメンの袋はすでにぼろぼろに破られていた。私はようやく事態を飲み込んだが、一緒についてきた黄先生には最初から分かっていたようだ。彼は追いかけようとせず、その売店の入口で紙巻きタバコを吸いながら、店主が戻ってくるのを待っていた。

「朝っぱらからインスタントラーメンを万引きするなんて、なんてことだ！」私は息子をつかまえて聞き質した。

息子は目に涙を溜めていた。

私は代金を店主に渡して詫びた。店主は、かえって済まなさそうな顔をして言った。「食べたくて取ったのなら、それでも構わないが、食べないで捨ててしまうのは困ります。何が取られたら、あとで黄先生に支払ってもらえるので、とくに止めたりはしないようにしています」と、店主は穏やかな顔で普段の様子を話してくれた。

「こんなことを、しょっちゅうやっているんですか？」私は聞いた。

「そうだ」、私の質問にすぐ答えたのは、黄先生だった。

この山間の小さな町では、息子は特別な存在となっていた。「武漢からやってきた口のきけない子」が黄先生の家にいる、ということを道路沿いのすべての店主や町の住民が知っているのだ。この子は、黄先生が仕事をしている間、家の前に坐って自分の指をいじっているか、町中をぶらぶらしているかだ。ふらっと店に入って、気に入った食べ物を見れば、勝手に取っていく。そんな彼を持て余していた人たちは、無視するか、または後で黄先生に代金を払ってもらうかしていた。たしかに、どの家の人もみな息子のことを知っているので、この小さな町にいれば息子が行方不明になる心配はないだろう。ある日、息子はあるショッピングセンターに入った。三階でぶらついている息子に気付いた警備員は、息子を黄先生の家まで連れ戻した。そのようなことがしょっちゅうあったそうだ。

「これは人のものだよ。店のものだから、取ったらお金を払わなくちゃいけないんだ」、私は息子に言い聞かせた。

「ところで、朝っぱらから、なぜいきなりインスタントラーメンを取ったの?」と、私は聞いた。

聞いても無駄だと分かっている。答えてもらえないし、答えられないのだ。

「インスタントラーメンやスナック菓子は、体に一番悪いものだ」と、傍にいる黄先生は口を開いた。それからこう付け加えた。「だれど、それが今の子どもたちの大好物なんだ」

それもそうだろうが、もっと重要なのは、どうすれば他人の物と自分の物との区別を息子に分からせられるかということだ。私は自分の子ども時代を思い出しながら、息子のいる「星の世界」を想像したが、どうすればいいのか分からない。

私たちが幼かった頃、自分の物や財産などを人のものと区別しなければならないと教えられたのは、いつのことなのか？　また、誰から教えられたのか？　それは覚えていないが、そもそも、そんなことは問題にさえならなかった気がする。生まれながら分かっていたか、あるいは友達とのやりとりをしているうちに覚えたのか。例えば、落花生はよその家のもので、西瓜は自分の家のものだから、よその家の落花生を勝手に食べてはいけないし、自分の家の西瓜も人に勝手に食べさせないようにしていた。しかし、自閉症の子どもにはそういう理屈は通用しないのだ。

自閉症の子どもには自分の物と人の物を区別する意識をもっていないようだ。それを分からせるのも非常に難しいことだ。彼らは、まるで数千年前の原始社会、あるいは遠い未来に来るだろう共産主義の社会にいるようだ。その世界では、財産はみんなのものだ。欲しい時に、必要なだけもらえるとなっているのだろうが、しかしながら、彼らは私たちの社会に生きている。私たちの社会では、他人のものを勝手に取ったらトラブルになる。幸いここは紫金鎮である。ありがたいことに、この町の人たちはみな黄先生と彼の預かっている「武漢から来た口のきけない子」を知っている。

私たちは、旧省道の交差点あたりにある朝食の屋台のほうへ向かって歩き続けた。

陝西省やクルマの町である十堰（中国最大級の乗用車生産拠点）方面への車は左方向へ、県城の襄陽や老河口、省都の武漢への車は右方向へ行く。私は交差点に立って息子の行動を観察していた。走ってくる車の危険を避けることを知っているのか、確認したかった。自閉症の子どもだけではなく、健常者の子ども、いや、大人でも、とくに高齢者には自動車の危険から身を守るための訓練を受けさせる必要がある。

息子は左右両方を見て渡ることができないと、観察して分かった。両方を見て走って来る車を見ているが、車の流れの隙を見計らうことはできない。彼は片側ばかりを見ているので、片側車線の車しか目に入らないのだ。幸いなことに、小さな町のアスファルトの道路を走る車のスピードは緩やかで、車の量もそれほど多くなかった。

その様子では、交差点を渡る訓練は相当道程の長い仕事になりそうだ。

私たちは油条《ヨーティアオ》（小麦粉を練って棒状にした揚げパン）やうどんを売る屋台の前に立ち止まった。この町に来ると、私はいつも朝ご飯をここで食べることにしていた。

春節間近のこの時期になると、山間の小さな紫金鎮の市場では、店先に束ねられた油条が山ほど積み上げられている。この辺では油果子《ヨーグォズ》と呼ばれるこの油条は、遠くの村から春節の買出しに来る村民たちのお目当ての一つだ。彼らは、束のままの油果子を幾つも背負い籠に入れ、春節が終わるまでに充分な量を買って帰る。

朝ご飯の屋台は旧省道沿いにあった。そこからはくねくねと延びていく山道と見え隠れする外の世界を眺めることができる。息子を知っている屋台の主人は、私が毎回そこで朝飯を食べるので、息子もよくここに来ると教えてくれた。この屋台は、息子が紫金鎮で行ける限界だ。息子は、しょっちゅう街道をあちこちとふらついていたが、いつもここで立ち止まってそれ以上遠く行こうとはしなかった。その先にアスファルトの自動車道や山林もあるが、そちらへ踏み入れることはなかった。毎回、朝食を売る屋台までくると、店仕舞いまで何かを待ってているように立ち尽くしていた。

黄先生に聞くと、屋台の主人の話は事実だと分かった。ただ、息子がなぜ、そんなことをするのか、黄先生も理解できないと言う。しかし私には分かる。息子はここで父親の姿を探していたのだ。きっとここには彼にしか見えない何かが見えるのだろう。この町で自分の父親と関わりのあるこの屋台に、きっと父親の影が残されていると思っているのだろう。息子はここに立って、山の外を眺め、自分に会いに来る父親を待ちわび、父親の姿を見つけようとしたのだ。

十四

紫金鎮《ズージンチェン》の交差点にある朝食の屋台の前で、私は息子を連れてここを離れ、新たな治療法と寄宿できるところを探そうと決めた。

前の漢方医は治癒できなかった。今回のも望みはなさそうだ。もしかしたら、西洋医の医者が診断したように、この病気は一生治らないかもしれない。あるいは、医者たちが口を揃えて言うように、発見が遅すぎたのかもしれない。しかし、私は諦めない。治療のできる漢方医を見つけよう。

西洋医学では、息子は自閉症と診断されたが、漢方医学では自閉症という言い方を認めない。例えば、漢陽の帰元寺近くに住んでいる神医の斉《チー》先生もそのひとりだった。孤独症だの自閉症だの、なんで子どもが孤独や自閉になるのかと言う。今の紫金鎮の黄先生も同じく、息子を自閉症とは思っていない。自閉症という言葉さえ知らないようだ。

漢方医学では、このような症状を「五遅《ウーチー》（五つの遅いこと）」と表現している。言葉が話せないのは、「五遅」の中の一つ「語遅《ユーチー》（言葉が遅い）」である。

「五遅」とは、幼児の発育が遅れている五つの症状で、それぞれ「立遅《リーチー》」（立つのが遅い）、「髪遅《ファーチー》」

（毛髪の生えが遅い）、「行遅《シンチー》」（歩くのが遅い）、「歯遅《チーチー》」（歯の生えるのが遅い）と「語遅」を指している。
現在の西洋医学に一般的に言われる自閉症の病理には、その発症の原因は示されていない。息子が自閉症と診断された時、私たちはどう考えても納得できなかった。そんな奇妙な病気になぜうちの子が罹るのか？　息子の祖父母に確認したことがあるが、三代遡っても家族のなかにそんな病気に罹った人はいないと言われた。幾つかの西洋医学の著書にも、自閉症は遺伝と関係ないと書いてある。

私は前妻と一緒に色々と原因を探ってみた。

例えば、前妻はコンピューターオペレーターである。そのため、コンピューターから放射される電磁波が原因なのではないか？　彼女は流産を繰り返し、なかなか妊娠できなかった。やっと、妊娠したと思ったら、妊娠初期に流産の兆候が見られ、出血があった。その後、注射によってなんとか流産を免れた。

また、前妻が妊娠中に工具を使って家の窓を修理したことがある。妊婦が壁に釘を打つのは縁起が悪いと言われるが、そうだとしたら、窓の修理はもっといけないのではないか？　窓は家にとって、言葉を話す口のようなものだろう。

それから、息子が一歳の頃、ショックを受けたことが……などなど。

息子は数えられないほどさまざまな検査を受けた。ＭＲＩ、血液検査、発声器官検査、咽喉検査など。それらの検査によって、おびただしい検査データが出された。なぜそれだけ多く集められたデータから、病因を突き止めることができないのか？

数年前、私が新聞記者をしていた頃、武漢のある病院の著名な医者が人の毛髪から自閉症の原因を探り出そうとしている、という記事を偶然に目にした。私はその医師を訪ね、自分と息子の毛髪を抜いて渡したが、結局、確かな結果は得られなかった。

ただ、漢方医学では自閉症の原因についての明確な説明がある。自閉症は、漢方医学的な言い方では「五遅」の一つと言い、その原因をつぎのように挙げている。母親の体調不良による胎児の先天性欠損、肝臓や腎臓機能の低下および出産後の栄養失調による気血不足、虚弱体質など。そのほかに、流産や難産も幼児にダメージを与える。「五遅」の一つである「語遅」は、知能発達の遅れ、心身の不調だと説明されている。漢方医学のこの病因説明を読んで、私は納得できた。

息子の場合、前妻は妊娠初期から流産の兆候が見られ、注射によって流産を免れたが、お産の時は苦しんで何度も気絶したほどの難産だった。入院していたビール会社付属病院から転院の許可がもらえなかったため、ついに酸素欠乏になって命の危険にさらされた。区立病院への転院がようやく認められた時、酸素吸入器を付けて区の病院に駆けつけるありさまだった。

先天性欠損、気血不足、虚弱体質など、これは漢方医学の説明どおりではないか。それに、当時の私たちはふたりともあまり子どもを望んでいなかった。子どもの親になる余裕もなければ覚悟もできていなかった。仕事がうまくいかず、ふたりとも意気消沈していた。その状態のなかで夫婦仲も悪くなっていった。ちょうどそんな時に妊娠が分かった。

数年後、私は『黄帝内経』に夢中になった。全国の著名な先生の講義を聞きに出かけ、子どもの出生や胎育の本を読みあさった。その知識を得てはじめて気づいた。ひとりの子どもを世に送り出すという、この上ない大事なことに対して、自分たちがどれほど軽率だったか、どれほど大きな過ちを犯したのかを知った。

『黄帝内経』に黄帝と岐伯《ぎはく》の間に、つぎの問答を交わす一節がある。

人間の生命の形成において何をその基礎とし、何をその盾とするか？……母を礎とし、父を盾とする。神を失えば死す。神（生命）を得て生す。神（生命）はいかにして成すか？血液や栄養の調和がとれて、免疫力がつき、五臓ができ、心身を元気にする気力が体中に養われ、知性がそろうことによって人間が生まれる。

専門家の講釈を聞いた夜、私は慟哭した。基礎もできておらず、生まれてくる子どもについて何も考えておかなかった。新しい生命を迎えるための環境を整えられなかった私たちには、健康な子どもが生まれるわけがない。

世の中の親になろうとするあなたたちよ、とくに若い君たちよ、一言いわせてもらいたい。もし、子どもを強く望んでいなければ、命を軽率に迎えてはいけない。赤ちゃんを本当に授かりたいのであれば、愉快な気持ちと穏やかな心をもち、調和のとれた暮らしを送りなさい。

妊娠が分かった時、私と前妻との夫婦関係はもうすでに破綻に向かっていた。予期できなかった妊娠は、進行を遅らせたが、結果を変えることはできなかった。そもそも本人が子どもを望んでもいないのに、子授けの神様の助けが得られるわけがないだろう。つまり、私は、もっともやってはいけないことをしてしまったのだ。原因はここにあったのだ。愛のない子どもを作ったことだ。

息子よ、過ちを犯したのは父親である私だ。親である私たちだ。

子どもは、何によって作られるのか？　陰陽和合、いや、もっと正確に言えば夫婦の愛情によって作られる。私たちは最初から間違っていたのだから、どうして幸せな子どもが作れるだろう？

では、道教的な医学古書の『太上老君内観経』の中では、子どもの誕生についてどのように説いているかを紐解いてみよう。

天地交合、陰陽交わり、万物生い茂る。父母交合、新たな生命が誕生する。一月《ひとつき》受胎し……二月《ふたつき》胚胎が形成される……三月《みつき》、四月《よつき》精気が養われる……五ヶ月で五臓（心臓、肝臓、脾臓、肺と腎臓）、六ヶ月で六腑（小腸、胆、胃、大腸、膀胱と膵臓）が形成される。七ヶ月になると、目鼻立ちが整えられ、光に感応する。八ヶ月には神経が感じるようになり、九ヶ月にそれぞれの器官がほぼ完成し、安定期に入る。十ヶ月に入ると、胎児の体が整えられ、元気がみなぎるようになり、すべてができあがる。

本来、子どもの誕生は荘厳で神聖なことである。子どもが誕生する時、盛大な儀式が行われ、神々の祝福を受ける。子どもの誕生を迎えるために、神々の守りと人間の命を司る神様のご下命がなくてはならない。そうした厳かで、神聖な雰囲気のなかで新たな生命が迎えられるのだ。しかし、息子の場合は、母親が妊娠した時、私たちにはその準備が出来ておらず、子どもの誕生も望んでいなかった。夫婦ふたりとも意気消沈していて、元気を欠いた状態にいた。そのため、息子は天地万物の英気を吸収できずに生まれたのだ。だからこそ、親である私たちが一生かけて、その不足を補ってやらなければならないのだ。

第二章

一

春節の何日も前から、常五姐《チャン・ウージエ》は部屋の掃除に取りかかった。遠くから帰ってくる十八歳の孫を迎えるためだ。一緒に春節を過ごすことを楽しみにしていた。

孫は、口のきけない奇妙な病気に罹っている。その父親である常五姐の次男は孫を連れて武漢だけではなく、北京や上海、広州までまわったが、治療のできる病院は見つからなかった。そのような病気を常五姐は聞いたことがなかった。賢そうな顔ときれいな目をした、色白で皆に可愛がられるあの子が障がい者だなどと、彼女にはどうしても信じられなかった。なぜなら、常五姐は長年障がい者と一緒に生きてきた、障がい者のことなら何でも知っていると思っていたのだから。

常五姐は、次男の住んでいる武漢に孫の世話に行ったこともあるし、漢水中流の自分の家に孫を連れ帰って一緒に住んだこともある。十数年過ぎても孫の病気はいまだによくならない。

かつて初老を迎えたばかりだった常五姐は、数十年が過ぎた今、八十歳近い老人になっていた。数年前、彼女は大病を患った。微熱が続き、水分も食事もとれず、寝たきり状態が数カ月間続いた。家族は死装束まで用意したが、彼女はなんとか持ち直した。

十数年の間、常五姐は次男の変化を見てきた。自閉症児の父親である次男は、黒々とした髪の、気の強い三十男から白髪混じりの温和な四十八歳の働き盛りの人間に変わった。

十数年の間、常五姐は孫のことも見守ってきた。孫の世話をするためのお手伝いさんは二十数人換わった。治療を受けた西洋医学の医師は十数人、漢方医ですら数人換わった。変わりやすい空の雲のように、良くなったり悪くなったりする孫の病状を見て、彼女は一喜一憂してきた。十数年の間、自分の指を噛んで引き裂き、言葉を発せないことに苛立ち、指を噛みながら泣き叫ぶ孫の姿を常五姐は幾度となく見てきた。噛まれているのは孫自身の指だが、痛むのは彼女の心だった。

数年前のあの大病で常五姐は危うく死にそうになった。病院から自宅に戻された日から、飲まず食わずで、トイレにも行くことのできない生活が四十日ほど続き、魂が体から抜けたようだ。仏教を信じる常五姐は、空から射し込む一筋の光が自分に注がれているのが見えた気がした。彼女は生き返った。孫が言葉を話せるようになるその日まで自分は死んではいけないのだ、と生き返った常五姐は、自分のやるべきことを悟った。

十数年が経って、常五姐は自分の孫が障がい者だという受け入れ難い現実をようやく受け入れた。この世の中に、孫のような五体満足で眉目秀麗な障がい者がいるとは知らなかった。しかし、その障がいは、数十年以来彼女が村で見てきたものよりずっと手強く、その苦しみもずっと大きいということが分かったのだ。

常五姐にとって、障がいは見慣れた日常であり、障がいも一つの生き方である。

常五姐は今の孫と同じ十八歳だった頃、一人の障がい者に恋をした。その人は片方の足に障がいがあって、足を引きずっていた。彼女の先生だった。彼女の方から先生にアタックし、二年後に二人は結婚した。夫と人生をともにしてから五十八年、二人の間には四男二女、合計六人の子どもが生まれた。六人の子どものうち、五人も大学に進学させたことが地元では有名な逸話となっている。一人はハーバード大学の教授で、一人は武漢の大学の教授、もう一人は作家である。そして、一人は障がい者だ。

結婚後二年目に第一子が生まれた。男の子だった。長男は、まだ二歳にもなっていない時、麻疹のストレプトマイシン注射によって半ば聾唖者になった。現在すでに五十代後半だが、ずっと独身のままで生きてきた。

今度は、孫の番なのか。常五姐はずっと抵抗感を抱いていた病名——自閉症を今では受け入れるようになった。そして、次男の苦労を見て、今回降りかかったこの不幸は、夫と長男の障がいよりずっと絶望的なものだと思い知らされた。しかし、死んではならない。自分にはまだやらねばならないことがある。障がい者と一緒に生きていく心得を次男に教えてあげなければならない。絶望的な人生とどうやって折り合いをつけるのか、絶望の中から、どのように生きる希望を見出すのか、自分が次男に教えるのだと常五姐は心に決めていた。

二

自閉症の孫が生まれた時、常五姐はすでに功名を手に入れていた。もちろん、それは彼女の限られた人生にとってのことだし、生まれ育った家や暮らしてきた常家営村、沈湾や冷集という山奥の小さな集落の中だけのことだ。

漢水中流に位置する襄陽市の谷城県あたりでは、漢水を大河《ターハー》と呼び、漢水沿いの町村を一括りに河西《ハーシー》と呼んでいる。功名を手に入れたというのは、還暦までに子どもを立派に育て上げるという自分の人生の目標を達成した、という意味を込めた言い方である。常五姐は完全に達成したといえる。

孫が生まれた時、武漢に駆けつけた常五姐は、可愛くて元気な孫を見てなんの異常も感じなかった。男の初孫が誕生したので、嬉しくて有頂天になっていた。

孫が一歳を過ぎた頃、正月に次男は孫を連れて帰省した。翌年の正月も帰省したが、その時も常五姐は孫に異常があるとは感じなかった。

孫が三歳を過ぎた頃、ある日突然、常五姐は、孫が言葉を話せない、自閉症とかいう病気に罹っていること、それが原因で次男夫婦が離婚したことを知らされた。まさに寝耳に水だった。常五姐は大急ぎで武漢まで行き、次男が離婚後住んでいるアパートを探し当てた。そのアパートは次男の職場からほど近い場所にあった。午後の仕事が始まったばかりの時間帯だったので、建物の中はひっそりしていて、一階のエレベーターの入り口にいる管理人は居眠りをしていた。常五姐はエレベーターで十二階まで上がり、次男の部屋に入った。

部屋の中はひどいありさまだった。テーブルにあったはずのコップ、ノート、鉛筆、小物入れ、ライターなどは孫に投げつけられたらしく、床に散乱していた。椅子はなぎ倒され、一つは脚を上に向け、一つは脚を壁に向け、そしてもう一つは脚が一本折れていた。ポットからは水が漏れ、床は水浸しになっていた。

そして、孫は……孫は机の角に頭をぶつけたりして暴れていた。

電話で事情を聞いていたとはいえ、常五姐は、やはり目の前のありさまを受け容れることができなかった。次男は俯いて、言葉少なに自閉症の診断が確定されたことを話した。

自閉症だと説明されても、常五姐にはさっぱりわけが分からなかった。分かったことは、孫がいまだに言葉を話せないことと、次男父子が住む家を失ったという事実だけだった。「子どもの病気がこんなにひどい時に、なんで離婚なんかしたの？」、常五姐は厳しい口調で次男を責めた。次男は下を向いたまま黙っていた。簡単に説明できることではない。「離婚したとしても、子どもを育てるほうが家をもらうのが当然でしょ？　どうしてあの女が家をもらうの？こんな馬鹿な話ってある？」、常五姐には納得いかないことがたくさんあったが、どれも一言や二言で説明できる話ではなかった。

状況が明らかになるにつれて、自分にとって、自由気ままな老後の暮らしが終ったと常五姐は悟った。次男と孫の生活は破綻寸前なのだから。

何よりも孫の病気を治すことが先決だ。そう思った常五姐は次男に聞いた。「この子の病気を治すには、どのぐらいのお金がいるの？」。次男は計算をしてみたが、なかなか正確な金額は出せなかった。

自閉症の子ども一人を治療するのに、一体いくら費用が必要なのか？　それは、多くの自閉症児を抱える家庭で簡単に弾け出せる金額でもなければ、満足に用意できる金額でもない。先例のあるほかの病気と違って、この病気の治療方法や手順、それに治療費の基準はいまだに確立されていない。次男が後でその費用を計算してみたところ、孫が二〇〇一年に自閉症と診断されて治療を開始してから、毎年およそ十五万元（約二四〇万円）の費用がかかっていることが分かった。

基本的な費用はつぎのとおりだ。

一、漢方医に支払った治療費と薬代　四千元／月。

二、訓練センターのトレーニング費用　四千元／月。

三、家賃　二千元／月。
四、お手伝いさんへの支払い　二千元／月。
五、食費　千五百元／月。
以上の費用には、被服費、交通費、さまざまな専門医を探すための費用は含まれていない。

「今、貯金はどのぐらい残っているの？」と常五姐は尋ねた。

次男は下を向いたまま答えなかった。その頃の月給は四千元（約七万円）しかなく、貯金は一万元にも満たず、生活はすでに破綻寸前だった。

「どうするつもりなの？」

常五姐に聞かれた次男は頭《こうべ》を垂れて黙っていた。

その晩、常五姐は孫を抱いてテーブルの上に横になって一夜を明かした。アパートの部屋にはベッドは一台しかなく、次男は母親にベッドで寝るように言ったが、常五姐は断った。孫を抱き、テーブルの上で縮まっていた常五姐は深い自責の念に陥った。今日まで確実な診断が下されなかったことに責任を感じていた。孫は一歳を過ぎた時も、二歳を過ぎた時も、春節を過ごすために実家に帰省していたが、来ている間に一度も言葉を発することがなかった。なぜ、それを見逃したのか？　過去にも教訓があったではないか。

一九六五年、天然痘と麻疹《はしか》の予防接種が中国全土で実施されていた。赤脚医生(9)（裸足の医者）たちは県の病院に駆け込み、一週間ほどの研修を済ませると、箱入りのストレプトマイシンを背負って村に戻った。予防接種に来た子どもたちは、裸足の医者の家の前で列を成していた。

当時、二十三歳だった常五姐は、まだ二歳にならない長男を連れて予防接種に行った。ところが、注射を打った長男は地面に寝っ転がって泣き出し、いくらあやしても泣き止まなかった。その注射が長男を一生苦しめることになるとは、常五姐は夢にも思わなかった。その注射のせいで長男は聴力を失ったのだ。

当時の医療環境では、ストレプトマイシンのアレルギー反応で聴力を失った事案は全国で数万件にものぼっていた。漢水中流の河西地域だけでも六、七件あったが、常家営村では長男の一件だけだった。しかし、当時の人々はその事実を知らなかった。

長男は、大人になった後も言葉をうまく話せなかった。例えば、ネズミをネシミ、爺々をギギという具合だ。とりわけ困ったのは、耳がほとんど聞こえないことだった。常五姐は医者を探しに方々を訪ねたが、そのほとんどが裸足の医者だったので、本当の原因は何なのか分かる人はいなかった。

長男は、自己流の特殊な言葉をもっていた。例えば、漢水の対岸を走る列車のことを「哞《モー》」と言い、漢水の魚を「毛辣子《モーラーツ》」と呼ぶ。ほかにも物の名前は分るのだが、うまく発音できなかった。学校に上がる年齢になると、長男は小さな椅子[10]を持って山の斜面にあった小学校に通い始めた。算数はできなかったが、自分の名前――陳少雄――を書けるようになった。きちんと丁寧な字で。小刀で自分の名前を彫った椅子を持って毎日学校に通った。自分の椅子を誰にも触らせなかった。

長男が十歳になる頃、ようやく病因が明らかになった。

常五姐と夫は、権威ある医者に診てもらうため、長男を連れて漢水の対岸の町、老河口《ラオハーコオ》へ出かけた。早朝、乾パンを袋に詰めて家を出た親子は、漢水の岸辺の港に着くと、渡し舟で対岸の付家寨《フージャーザイ》まで行き、そこで舟を降りて老河口まで歩いた。

必要な検査を終えると、医者は常五姐に尋ねた。「この子、なにか大きな病気に罹ったことはなかったですか?」

「子どもですから、それなりにいろいろありましたけど」と常五姐が答えると、医者は言った。「私が言っているのは大きな病気のことです。例えば、天然痘とか麻疹とかコレラとか、どうですか?」

そう言われた常五姐は長男が予防接種を受けた時のことを思い出し、あの日、注射を受けた後、長男が一晩じゅう泣き止まなかったことを話した。

「なるほど。分かりました。おそらくその時の注射が原因で、息子さんはこうなったのだと思います」

「治療すれば治るんですか？」

「治療はしません」、ちょっと間をおいて、医者は言葉を続けた。「遅すぎました。もう十歳だから、治療しても無駄です。一生このままでしょう」。

朝、家を出た時、期待と興奮で胸を膨らませていたが、帰る時、常五姐は歩く力さえ失っていた。長男の手を引きながら、付き添ってきた夫に煙草を求めた。親子三人は漢水に沿って河西への夜道をとぼとぼ歩いた。常五姐の左にいるのは、四十二歳の障がい者である夫、右にいるのは十歳の障がい者である長男だ。彼女はしばらく歩いては煙草を吸い、煙草を吸っては歩き出し、何度も夫に煙草をねだった。煙草がないと、歩く力が出ないのだ。夜も明けた頃、親子はようやく常家営の家に戻った。あの頃から、常五姐は煙草を吸うようになった。

一生続く障がい。

数十年後、悲劇が繰り返され、同じ運命が孫に降りかかるとは、常五姐は思ってもいなかった。この運命に次男は押し潰されてしまうのではないかと心配した。その晩常五姐は、孫を抱いてテーブルの上で横になっていたが、一睡もできなかった。数十年前、長男の病気が診断された夜のことを思い出していた。あの晩、煙草を一本また一本と吸いながら漢水の畔を歩いていた時、自分が何を考えていたのかを思いだしていた。

あれは一九七三年のことだった。三十二歳の常五姐にはすでに四人の子どもがいた。当時は文化大革命[11]のまっ最中で、夫は「反革命の現行犯」とされ、ダムの建設工事現場で強制労働をさせられていた。残された一家は、彼女が一日働いて稼いだ八点の工分《ゴンフン》[12]（労働点数）で交換した食糧と、月に一回子どもたちに配給される十キロあまりの食糧を頼りに、なんとか食いつないでいた。

今、自閉症になったこの子は父親の家庭に……いや、家庭はすでに崩壊したのだった……父親に何をもたらすのだろうか？

三

孫の自閉症を治療するために、次男は命をかけた。ひと月またひと月、一年また一年と、常五姐は次男の変化を見てきた。

以前、次男は新聞記者だった。月給と広告営業の歩合で生計をたてていた。しかし、それっぽっちの収入では、後ろからぴったりと追いかけてくる虎の餌代には到底足りなかった。その虎とは孫の自閉症の治療費のことである。次男はサラリーマンをしながら、副業として印刷の仕事を始めた。常五姐に会うたびに、次男は疲れた、疲れたとこぼしていた。

ある時、次男はある会社から依頼された書道のカレンダーを納品に行ったが、その会社はエレベーターなしのビルの十一階にあった。受付けの若い女性が「上まで運んで」と気楽に言うので、次男は十一階まで荷物を担いで登る羽目になった。

またある時は、病院に依頼された卓上カレンダーを納品に行った時、配送のアルバイトが見つからず、一人で段ボールを四十箱も運び、腰を痛めて一週間もベッドの上で唸っていた。

もっと危なかったのは、ある会社から記念切手の製作の依頼を受けた時のことだった。営業活動の甲斐あって、次男はその企業から創立四十五周年の記念切手製作の依頼を受けた。しかし、注文は取れたものの、記念切手の製作は初めてで、切手のコレクションの趣味や知識さえもなかった。焦った次男は引き受けてくれる県下の印刷工場を必死に探し回った。何度も門前払いを喰らい、ようやくある事実が判明した。記念切手の製作には特殊な技術を要するので、北京の特定の印刷工場しか製作できないのだ。それが分かった時には記念式典の日が迫っていた。次男は北京の切手工場に住み込み、工期に間に合わせるように職人たちに頭を下げて残業してもらったり、現場に急いでくれるように担当者を拝み倒したりしながら、武漢の発注元の会社に何度も電話をかけ、納品の期日を伸ばしてくれるよう懇願した。しかし、次男の懇願を聞き入れる人も、理解を示す人も、誰ひとりいなかった。もちろん、納期の延長は論外だ。とうとう式典の日が来た。当日の朝、夜汽車に乗ってきた次男は、冊子になっている記念切手の入った数十箱の荷物を抱えて駅に着くと、人夫たちに手伝ってもらって直接に指定された会場へ飛んだ。

常五姐は、自閉症児訓練センター近くのアパートに住み、孫の面倒を見ることになった。朝夕、センターの送り迎えのほかに、二、三日に一度、孫を連れて武昌から漢口を横断して、漢陽までバスを二回乗り換え、漢方医の斉先生の診察を受けていた。毎回受診を終えると、処方された漢方薬をその場で煎じ、できあがった煎じ薬を冷まし、ビニール袋に詰めて武昌に持ち帰る。

毎月決まった日に、次男は現金の束を持って支払いにまわる。まずは家賃、それから訓練センターの費用、その後は漢方医への治療費と薬代。支払いが済むにつれて、手元の札束が一枚ずつ減り、最後には何も残らなくなる。常五姐はそれをずっと見てきた。苦労をしている次男を見て、常五姐は心を痛めたが、助ける術はない。この山は次男が自力で乗り越えなければならないのだ。

次男は漢口に住んでいたが、常五姐と孫は武昌の訓練センターの近くに住んでいた。子どもの様子を知りたがる次男からの電話をうけると、常五姐はいつも、「大丈夫だ、いい子にしている、元気よ、よくなっている」と答えていた。それも孫に突き飛ばされたあの日までだった。

あの日、降り続けた雨のためか、狭苦しい部屋は一層蒸し暑くなっていた。訓練センターは改築中の城中村《チェンチュンツン》(13)の近くにある。そのあたりの家賃は安いが、二十平米ぐらいの部屋ばかりだった。手狭な部屋の中に台所やトイレがあり、ベッド、テーブル、椅子、テレビなどを置くと、その窮屈さは想像に余りある。その日の天気に影響されたのか、イライラしていた自閉症の孫はまた、指を噛み始めた。

やめさせなくては、と常五姐は焦った。孫の口をこじ開けようとしたが、意外にも孫はきつく噛んで放そうとしない。争っているうちに、孫がいきなり噛みついてきた。素早く払いのけたので噛み付かれずにすんだが、苛立った孫は頭から常五姐のお腹めがけて突進してきた。その衝撃で常五姐はコンクリートの床に頭をしたたかに打って倒れた。泣きわめきながら指を噛んでいる孫を目の前にして、意識朦朧となって、起きられなかった常五姐は何もできなかった。

自閉症の孫はただ話をしたいだけなのだ。彼の胸には焔がある。その焔は彼の胸の奥で燃焼されずにくすぶっている。その焔とはすなわち言葉なのだ。人は何日も言葉を話さなければ、ところ構わず叫びたくなるだろう。しかし、孫はずっと、話したくても話せない状態にいる。発狂しない方がおかしい。

床に倒れたまま動けなかった常五姐は長男のことを思い出した。長男も障がい者で、耳も口も不自由だが、短い単語であれば基本的に発音できるし、身振り手振りで言いたいことはなんとか伝わる。耳元に近づいて大声で話しかけてやれば、だいたいのことは理解できる。障がいはもっているものの、体力的に優れた長男は村では立派な働き手だった。柴刈り、田植えから収穫までの農作業、どれもお手のものだったので、人民公社[14]で共同作業をしていた頃は、毎日十点満点の労働点数を稼いでいた。後に土地が請負制[15]になると、彼はすべての農作業をひとりで引き受けた。そして、一家あげて町に戸籍[16]を移してから、学校の食堂で働くようになり、ひとりで数十頭の豚の飼育を請け負った。当時、村で家を建てたり、土レンガで塀を作ったりする時には、長男はひっぱりダコだった。労を惜しまず働くので、ひとりで二、三人分の仕事をこなした。その上、洗濯や炊事もできるので、完全に自立できていた。同じ障がい者とはいえ、長男は人の役に立てるし、自分の力で生きてこられた。しかし、このきれいな目をした賢そうな孫は、これからどうやって生きていったらいいのだろう、そう思うと、常五姐は孫のことが不憫でならなかった。

しばらくいらいらして指を噛んでいた孫は、やがて指を噛むのをやめたが、倒れている祖母をじっと見て、どうしていいか分からない様子だった。幸いなことに、ちょうどその時、次男が帰ってきた。次男は目の前の光景にびっくり仰天した。それ以来次男は孫を介護してくれるお手伝いさんを探し始めた。孫の世話をする体力は、年老いた母親にはもう残っていないと知ったからだ。

自閉症の孫のために奔走する次男が、日に日に痩せていくのを常五姐は見ていた。以前、次男は太っていた。肉料理に目がなく、とくに脂ののったバラ肉の米粉蒸しが大好きだった。しかし、次男は、道士[17]に出会ったあの日から菜食に切り替えた。自閉症の息子が話せるようにならなければ、自分は一生肉料理を口にしないと誓った。その日から十数年、肉を口にしたことは一度もない。

もちろん、それは十数年経っても、孫の病状が好転していない、少なくとも話せるようになっていないことを示している。常五姐は、次男が肉料理を食べられる日が来ることを毎日祈った。

自閉症の孫のために次男がどれほど苦労をしてきたか、常五姐はよく知っている。いつか、あるプロジェクトの受注をめぐって、多くの競合相手が激しくせめぎ合った。次男が酒を持って担当者の自宅を訪ねた時には、競争相手の根回しはすでに終わっていた。門前払いされた次男は諦めきれず何度も門を叩いてねばったが、その都度追い返された。持ってきた酒も階段にぶつかって割れた。暗い階段に腰を下ろし、散らばったガラス瓶の破片を拾い集めた時の暗澹たる気持ちは今でも覚えていると次男が言う。

ある日、常五姐は次男が洗面台で吐いているのを目にした。孫がすでにこんな状況なのに、次男にまで倒れられたらどうしたらいいのだろう。仕事でまた辛いことでもあったのかと心配して聞くと、うどんに入っていた肉片に気付かず食べてしまったからだという。「もう肉を食べないと決めたから」という次男の言葉に、常五姐はあっけにとられた。

次男は確かに変わった。肉食をやめただけではなく、以前夜通しやっていたトランプカードや麻雀も完全にやめた。昔、麻雀に熱中して、父親に親子の縁を絶つと言われたこともあったが。次男は変わった。世界も変化し続けている。常五姐自身も変わった。しかし、なぜ、自閉症の孫だけは変わらないのだろうか？

四

孫に突き倒されて、母親が一時間あまりも床から起きられなかったと聞いて、次男は心配になった。その日から一週間あまり、次男は毎日漢口から武昌まで来て、子どもの朝夕の送り迎えから食事の世話や洗濯、言葉のトレーニングまで、全てひとりで引き受けた。常五姐に「自分の仕事に専念してほしい、もう来なくていい」と言われたが、次男は聞き入れず、疲れた体を引きずってても毎日漢口と武昌を往復した。常五姐はついに怒った。

その日も雨だった。次男が来た時、常五姐は部屋で孫の言葉のトレーニングをしていた。常五姐はドアを開けなかった。

「何しに来たの？」

「ちょっと様子を見たら、すぐ帰るよ」

「私のことを心配しているの？　それとも息子のことが心配なの？」

「母さんのことが心配なんだ」

「私をそんなに弱い人間だと思っているの？」

「ちょっと気になるだけだよ」

「人を年寄り扱いしないで！」

次男はドアの外で言葉を失った。

常五姐は畳みかけた。「年は取りたくないもんだよ、ちょっと転んだだけで体が言うことをきかないんだから、孫の世話までできなくなるとはねぇ」

ドアの内側と外側で母子は溜息をついた。

かつての常五姐といえば、漢水中流の河西あたりでは有名な女丈夫だった。村の役人はもちろん、町の幹部からも恐れられたものだ。若い頃は学校の注目の的だった彼女は演劇部のスターだった。当時、自由結婚が提唱され、『小二黒の結婚』という芝居が国中に流行っていた。彼女は舞台で主人公の男、小二黒役を演じた。そんな華やかな彼女が障がい者に嫁いだのだ。人々は理解できず、いろいろと噂した。誰も彼女を理解できなかったが、常五姐は夫となる障がい者に自分の運命を賭け、自分の夢を託したのだった。

中学校時代の彼女は成績優秀だった。中学校を卒業した時、漢水対岸にある光華県立高校と襄陽商業専門学校の両校に合格した。しかし、巡り合った時代が悪かった。受験に合格した一九六〇年は、ちょうど三年続きの食糧難の時だった。社会的な最大事は、いかに飢饉から生き延びられるかということだったので、多くの学校では生徒募集や開講の中止を余儀なくされた。常五姐が合格した二校とも閉校になった。若いうちに、進学によって田舎から脱出するという彼女の夢も砕かれた。

なぜ、障がいのある教員を結婚相手に選んだのか、それは、その人が足は不自由だが、それ以外に魅力があったからだ。頭がよくて授業の教え方も上手だった。そして、何よりも、その人が月給をもらう国家公務員だったからだ。

しかし、思いもかけないことに二人が結婚してから間もなく、夫は職場で無実の罪を着せられ、「反革命の現行犯」にしたてられ、批判大会で吊し上げられた。見せしめに村々の小学校を連れ回されたあげく、ダム建設現場で強制労働させられることになった。悲劇はそれだけではなかった。生まれてきた長男もまた障がい者となった。

自分の運命をひとりの障がい者に賭けたのは、間違いだったのかと考えると、常五姐は先の見えない絶望に囚われた。しかし、それでも彼女は自分の賭けを信じ、夫を批判した人たちと闘った。常五姐が一筋縄ではいかない、勇敢な女丈夫だという評判はその頃から広がったのだ。

一九七〇年の冬、夫に対する大規模な公開批判大会が近くの村で開かれることになった。当時、常五姐は四人目の子どもを出産してからまだ一ヶ月しか経っておらず、床上げもしていなかった。家族や隣人たちは気を配って、彼女に知られないようにしていたが、その日の朝から彼女は周りの雰囲気が何かおかしいと気づいていた。昼近くになって、見かねた隣人のひとりが彼女に本当のことを話してしまった。

常五姐は赤子をベッドに寝かせると、妊婦用の頭巾を外すのも忘れて、真っ直ぐ会場へ駆けつけた。会場に押しかけると壇上に上がり、「刺し違えてやる」と叫んで、そこに坐っている幹部たちの前で暴れまくった。会場の人たちは驚いてあっけにとられた。

その日は強風が吹いて、壇上にかけられていたスローガンや旗は風に吹き飛ばされていた。ひとりの障がい者がなぜ「反革命の現行犯」にされたのかを見ようとして、近隣の村から大勢の人たちが集まっていた。だが、批判大会の途中で近くの村に火事が起きた。強風に煽られて火の勢いが増していくなか、消火に出て行こうとする人々、彼らを止めようとして声を張り上げる司会者側の人たちと揉み合いとなり、会場は大混乱に陥った。

夫を批判した人たちはみな夫の同僚で、常五姐とも顔見知りだった。混乱が収まらないのに、いきなり壇上へ駆け上がった常五姐を見て、彼らは仰天した。ある幹部は怒って言った。「常さん、ここはあなたが暴れる場所じゃない。批判大会の最中なんだぞ」、常五姐は夫を指差してその人に問い詰めた。「何を証拠にこの人が反革命の現行犯だと言うの？　証拠を見せなさいよ！」そして、常五姐は夫を家に連れ帰って食事をさせると言い出した。幹部は首を縦に振らなかった。ずいぶん揉めたが、結局見張りを付けて家まで送り届けることでやっと話がついた。

常五姐はすごい人だ、という評判が瞬く間に広がった。

夫に自分の運命を賭けたが、思いもよらずに夫が批判される対象となった。次に、常五姐は子どもたちに自分の運命を賭け、彼らの教育に力を入れた。常五姐はすごい人だという評判はますます大きくなった。彼女のすごさはそのやり方だった。障がい者の長男を除いて、ほかの子どもたちはみな常五姐からひどい体罰を受けた。彼女が体罰を与える時はこそこそしない。子どもを玄関の外にある大木の下に跪かせ、刺のついている太い枝で思い切り打ちすえた。頭であろうが顔面であろうが、構わずに。罰を与える理由はたったひとつ、学校で一番の成績を取れなかったというものだ。子どもたちも心得ていた。畑の仕事も、家事の手伝いも、何もしなくてもいい。でも、試験でいい成績を取れなかったら許さない。打たれるのがいやなら、一番を取れ、二番じゃダメだ。

常五姐が子どもたちを打ち叩き始めると、誰も止められなくなる。止めに入ると逆効果になるので、それを知った近所の人たちは、子どもたちが体罰を受けるのを見ても何も言わず、彼女の気の済むようにさせた。叩く手が疲れてくると自然にやめるのだ。

このような苛酷な教育を受けた子どもたちは、つぎつぎと難関を突破し、村の中学校の進学クラスから町の進学クラスへ、襄陽市の高校を出て、ひとりまたひとりと大学に合格した。常五姐が五十代に入った頃、夫は先ず彼女の戸籍だけを農村から都会に移し、役所に働きかけ、彼女に仕事を世話してもらった。子どもたちを次々と大学へ進学させた常五姐のことを、村の人たちは尊敬するようになった。彼女が町に引っ越す日、村挙げて見送りに来た。「障がい者の夫に運命を賭けたが、その賭けは当たったわね」と言う人もいれば、「ひとりの障がい児をダシにして、何人もの子どもを出世させるなんて、さすがにやり手の常さんだよ」と、陰口を叩く人もいた。だが、常五姐のそのやり方は数十年変わらなかった。

常五姐は歳をとった。孫の世話すら思うようにならなくなった。けれども、子どもの世話をするなんてことは、男親のすることではないというのが常五姐の考えだった。そこで、次男と相談して、お手伝いさんを雇うことで次男と折り合いをつけた。

自閉症の孫の世話をお手伝いさんに任せることについて、誰よりも心を配ったのは常五姐だった。朝夕の送り迎えのほかに、食事、洗濯など身の回りの世話、センターから帰宅した後の言葉のトレーニングだけではなく、食べた後の食器の洗い方、服の着方や靴の履き方、トイレの使い方などを逐一教え込むのは、並のお手伝いさんにはできないことだ。よほど辛抱強く、愛情の深いベテランでなければ務まらないのだ。とりわけたいへんなのは、トイレをさせることと、夜中に起きることだ。この子には、男女のトイレの区別ができず、トイレという決まった所で用を足すことも知らないから、とにかく尿意を催すと、ところ構わずズボンを下ろしてやりだし、止めたりされると、もっと人を困らせることになる。

さらに神経を遣うのは、夜中に目が覚めて起きてしまった時だ。この子は睡眠中によく汗をかくので、ひと眠りすれば汗びっしょりになる。治療した何人かの漢方医の説明によると、それは盗汗《タオハン》（寝汗）と言い、汗と一緒に体の精気が流されてしまうのだそうだ。だから治療薬のなかに寝汗を治す漢方薬も加えられていた。この子が夜中に目を覚まして起きたあと、きれいな下着に着替えさせるのは言うまでもないが、そのほかに警戒しなければならないのは、苛立って指を噛むことだ。もし、大声を出したり、指を噛み始めたりすると、たいへんなことになる。一晩中眠れたものではない。

そういうわけでこの子のお手伝いさんは頻繁に入れ替わった。この子に驚いて逃げていった人、責任感と能力が足りないという理由で常五姐に辞めさせられた人、色々な人がいた。だいたい、新しいお手伝いさんが見つかると、常五姐はしばらくその人を観察したり、細かいところを注意したりして、仕事に慣れたことを確認してから田舎へ帰っていく。田舎に戻っても安心しきれず、しばらく経つと、お手伝いさんの仕事ぶりを抜き打ち検査するために、汽車とバスを乗り継いで数百キロ離れた武漢に戻ってくる。常五姐の鋭い洞察力によって、問題が発覚したお手伝いさんは何人もいた。

その中に、中国の東北地方から来た蔡さんという女性がいた。姑との折り合いが悪く、夫からひどいDV被害を受けていた。武漢に逃げて来た蔡さんは、月に六百元ぐらいの賃金で朝食や軽食を売る小さな食堂で皿洗いをしていた。休憩の時、彼女が店の仲間に悲しい身の上話をしたのが常五姐に聞こえたことがきっかけに、月に千五百元で、孫の面倒を見ることになった。

常五姐の好意をありがたく思った蔡さんは、心を込めて自閉症児の世話をした。空き時間があれば彼女は夫の暴力のことを常五姐に話した。髪の毛を引きずり回されたり、指が折れるほどの怪我を負わされたりしたことなどを、涙をこぼしながら訴えるように話した。常五姐も彼女に同情して一緒に涙を流した。蔡さんが長く働いてもらえそうと見て、常五姐は安心して田舎に帰ったが、間もなくして、東北の実家に用事ができたと蔡さんに聞かされ、常五姐はその夜の汽車で急いで武漢に戻った。蔡さんの話によると、働くに出かける自分の代わりに、夫との離婚裁判を娘に進めてもらっていたが、裁判所からの呼び出しがあったと娘から連絡が受けたそうだ。常五姐も蔡さんの事情を理解し、応援する気持ちでいた。蔡さんは、離婚の手続きが終わればすぐ戻ってくると言い残し、次男から一ヶ月分の給料を前払いしてもらって実家に帰っていった。

蔡さんが東北へ帰った後のある日、常五姐は、「あの人はもう戻ってこないから、早くほかの人を見つけなさい」と次男に言った。次男も、その場にいた武漢の大学で助教授をしている三男も、常五姐の話を信じなかった。「私たちは蔡さんとうまく付き合っていたし、彼女に何ひとつ不自由をさせなかった。給料のほかに、季節ごとに服や靴を新調してあげた。戻ってこない理由はないはずだ」と言って、「賭けてもいい。きっと戻ってくれる。もし、戻ってこなかったら、五百元出すよ」、次男と三男は賭けまでした。

なぜ、蔡さんは戻らないと、常五姐は思ったのか、常五姐はその理由をこう説明した。次男から一ヶ月の給料を前払いしてもらった時、蔡さんは常五姐を見ると慌ててポケットから五百元を取り出して常五姐に渡そうとした。それを見て、この人は帰ってくるつもりはないなあ、と常五姐は見抜いたのだ。それでも、次男と三男は蔡さんが戻ってくることを疑わなかった。

結局、常五姐の推測が正しかった。蔡さんが去った後、まず彼女の携帯が繋がらなくなった。やっと繋がったが、彼女は「戻るつもりはない」と明かした。次男も三男もどうしても理解できなかった。夫の暴力から逃げてきた蔡さんにとって、子どもの世話をした日々は彼女の人生のなかで、穏やかで幸せな時間だったはずなのに、どうしてそんなことをするのだろう。「お前たちは、苦労を重ねてきた人のことを何も分かってないのよ」、常五姐は二人の息子に言った。

しかし、またしても常五姐が子どもたちに教訓を垂れるようなことが起きた。それは新しく来た、湖北省潜江市出身の唐さんというお手伝いさんのことだった。自閉症児の世話をしてから二ヶ月が過ぎた頃、胃の具合が悪いと言うので、次男は彼女を急いで病院に連れていくと、胃カタルと診断された。入院した彼女の代わりに孫の世話をしにきた常五姐は、彼女の看病もしなくてはならなくなった。

唐さんには子どもが三人もいるのに、母親が入院したと知らせても誰も看病に来なかった。何度も催促してようやく娘が来たと思ったら、一日だけ看病して、すぐに帰ろうとした。「母はお宅の子どもの世話をしている時に病気になったのだから、責任はそっちにある」というのがその言い草だった。「親孝行だと思って、もう少し傍にいてあげなさい」と、常五姐が説得しても娘さんは聞く耳を持たず出ていこうとした。

「それでも血の通った人間なの?」、常五姐はカッとなって怒鳴った。そして、「あんたの母さんは、うちの息子の家に来てまだ二ヶ月しか経ってないのよ。その病気はね、長年の過労が原因だと、医者だって言ってるんだからね。私たちのせいで病気になったんじゃないわよ。でも私たちはこうやってお母さんを病院に入院させて、治療費まで出してあげてるのよ。それなのに娘のあんたときたら、ちょっと付き添うのも嫌だって言うの?」と言って聞かせた。

同じ病室の人たちも、口々に娘を批難した。「こんな親切な人はめったにいないわよ。他の人だったら、とっくに追い出しているところだよ。それを入院させてくれるなんて、ありがたいじゃないの」。「珍しく優しい雇い主を見たと、新聞社に投稿しようと思ったけど、息子さんに止められたのよ」、皆にいろいろと言われ、娘はしぶしぶ母親の看病に残った。
二週間ほど入院して唐さんは、退院することになった。最低限一ヶ月の自宅静養が必要だと医者に言われたが、常五姐も次男もいない時を見計らって、唐さんは治療費の預かり金の数千元を全部使って薬を買って、逃げるように退院した。それを知った常五姐はため息をついて言った。「さすがに親子ね。あんなにたくさんの薬を持ち帰って何になるの？　まさか残った人生を薬漬けにするつもりなのかしら？」。

五

自閉症の孫が十八歳になるまで、お手伝いさんは入れ替わり立ち替わり二十数人換わった。一番長い人で二年、一番短い人は二ヶ月ももたなかった。常五姐が名前を覚える前に彼女たちの大半はやめた。その中に、常五姐に一番気に入られたお手伝いさんは、劉婷婷《リュー・ティンティン》という女性だった。地方の病院の看護師だった彼女は、武漢にいる彼氏を頼りに就職口を探しにきていた。仕事が決まるまでお手伝いさんの仕事を引き受けた。若い看護師である彼女がそうしたのは、自閉症の子どもに同情したからだった。幼い頃に、彼女も似たような病気に罹ったことがあるらしい。

婷婷は自分の父親が亡くなった時のことを常五姐に話した。父親の葬儀の日に、まだ四歳だった彼女は突然失語症になった。毎日腰掛けを持って、垣根の隅に来て坐り込んで呆然としていた。

彼女の母親は、さまざまな医者に診てもらったが、娘がどんな病気に罹ったのか、診断できる医者はいなかった。彼女は黙って坐ったまま動きたがらないし、反応も鈍くなった。大人たちが何かを話しているのを見て、自分も話そうとするが、いくら頑張っても発語することができなかった。苛立った母親は彼女を叩いたり、鉄べらを使って彼女の口をこじ開けようとした。口をこじ開けられても、どうすれば言葉を発せるのか、彼女には分からなかったから、何の意味もなかった。

彼女は、当時の思いを常五姐に打ち明けた。「毎日垣根の隅に黙って坐っていた時、言葉は発せないけれど、心の中では分かっていたの。私の魂はお父さんに付いて遠くまで行っていた。山の奥や空の上、そこにはいろんな人がいた。古代の人も、未来の人も。私たちはその人たちと一緒にいたのよ」

常五姐は婷婷の話を信じた。暇さえあれば彼女とその話をしていた。話すことによって、彼女にあの神秘な世界を思い出させた。

「この子は言葉は話せないけど、心の中に一つの別の世界を持っているのよ。その世界は、本に書いてあるような他の天体でもないし、自閉症の子どもたちが住んでいるという星の世界でもない。その世界は私たちのいる地球上にあるの。そこには古代の人がいて、未来の人もいるけど、今を生きている人はいないの」と、彼女は自分の考えを常五姐に聞かせた。

婷婷の話は常五姐にとってまさに我が意を得たようなものだった。常五姐は孫の手を取って、いつも孫に話しかけていた。返事がなくても、自分の話を孫は分かっている、何もかも理解している、と常五姐は信じていた。

自身の体験と看護師という職業をもつ婷婷のやり方は、ほかのお手伝いさんとは違っていた。その頃、孫は漢方医の謝先生から治療を受けていた。受診の合間に婷婷は謝先生と雑談しているうちに、自閉症の子どもに対する医療以外のゲームを考えたいと言った。その年齢や身体的な状況に応じるのではなく、心理的な発達レベルに適する知育玩具があればいい、と提案した。

「それは、試してみる価値があるね」、謝先生は賛同した。

「もし、そのようなゲームがあれば、自閉症の子どもをあっちの世界からこっちの世界へと導くツールになるかもしれないでしょ?」

ある日、婷婷は孫を連れて公園を散歩していた時、子どもたちに囲まれている泥人形師の姿が目に留まった。そこに立ち止まって長く観察しているうちに彼女の脳裏に一つのアイデアが浮かんだ。彼女は謝先生と相談して、簡易化した粘土の知育玩具を使って、自閉症の子どもでも遊べる手形押し粘土を考案した。

そして、作ったものをさっそく孫にやらせてみた。指で粘土を押すと、一つの指の形が現れた。あら、不思議！　あっ、またできた。うれしい！　そして、ちょっとこわい。もう一度やってみよう。もう一度、もう一度……高まってくる興奮によって恐怖感は薄らいでいき、遊んでいるうちに緊張が消えていった。

この粘土模型は、自閉症の子どもたちにとって、もうひとつの世界なのだ。その世界の裏側は、私たちがいる現実の世界だ。孫自身は別の世界にいる。その別の世界は私たちの世界と背中合わせになっているようなものだ。その世界は、いつか自分が垣根の片隅に坐って見た世界と共通するものがあると、婷婷は言う。

婷婷は自分も自閉症に罹っていたと思い込んでいたが、本当の自閉症児に接するようになってはじめてそれが違っていたと分った。漢方医や専門家に尋ね回ったが、自分がいったい何の病気に罹っていたか今でも分からない。閉所恐怖症だと診断する医者もいれば、外向型孤独症と主張する医者もいた。また、ある医者は鬱病に分類されると言う。もしかしたらいずれも違うかもしれない。

婷婷は、粘土玩具を利用して子どもたちを導き、粘土押し遊びから二つの世界の違いと、共通点や接点を子どもたちに分からせようとした。粘土押し遊びは簡単であり、力加減によって毎回できた形に僅かな変化がある。少しでも難しくなると、自閉症の子どもたちは粘土と睨めっこをしたり、汗が噴き出すほど焦ったりしてしまう。

あの時、孫は十歳だった。十歳の自閉症の子どもの場合、身体年齢は十歳だが、粘土玩具で遊ばせると、その心理的年齢の未熟さが顕著に表れる。一歳くらいの子どものできと同じであれば、それは一歳レベルであり、一歳半の子どものできと同じであれば、一歳半レベルになる。

残念なことに婷婷はほどなく辞めた。結婚を控えていたのだ。結婚すればそのうち自分の子どもが生まれるだろうから、他人の子どもの世話をする余裕はなくなるからだ。

常五姐は婷婷のことを懐かしんだ。「もし彼女がいたらきっとこうしたはずだ」と、常五姐は口癖のように言っていた。三男は母親の言うことを鵜呑みにしなかった。「婷婷が残っていたら、この子の病気が治っていたとでも言いたいの？」

実際のところ、常五姐も完全にそう思っていたわけではなかった。

一番おもしろかったのは、襄陽から来た劉さんのことだ、と常五姐は言う。

劉さんは、三十代の女性で、一男一女の子どもがいた。孫の世話に来たお手伝いさんの中で彼女は一番期間が短く、二か月足らずで辞めていった。来てから間もなく、常五姐の打ち抜き検査によって問題が露見された。彼女は次男からもらった孫の食費をごまかして、それを布団の下に隠した。だが、常五姐は布団を干す時それを発見した。

次男は毎月の食費を専用の口座に振込み、一日で使う金額も決めていた。子どもの栄養確保が重要だと漢方医に繰り返して強調されたので、新しいお手伝いさんが来るたびに、決めた金額は必ず使い切るように指示した。

常五姐は、布団の下に隠してあった小銭をテーブルの目立つ所に置いただけで、とやかく言わなかったが、劉さんはいづらく感じたのだろうか、あの手この手を使って常五姐を田舎に帰らせようとした。しかし、常五姐は簡単には帰ろうとしなかった。

そこで、劉さんは常五姐に自分の息子の自慢話を始めた。息子がどんなに頭がいいかをくどくどと話しだした。最初、常五姐は彼女が何を言いたいのか分からなかったが、一日中繰り返して嫌みのある言い方で聞かされているうちに、ようやく分かった。この人は、言葉の話せない孫と自分の息子を比べて、孫を馬鹿にしているのだ。どうして健常者を自閉症の子どもと比べるの？ それはよくないことだ、この人に分かってもらわねば、と常五姐は思った。

常五姐は自分の六人の子どものことを劉さんに話した。とりわけ障がいのある長男とハーバード大学に入った四男のことを。常五姐夫婦は子どもが多くて、満足に食べさせ、学校に通わせることができなかった。公務員の夫がいたとは言え、月末になると子どもたちはやはりひもじい思いをしていた。常五姐は最初から子どもを全員大学に上げようとは思っていなかった。二人も大学に行かせられれば上等だと考えていた。成績のとびきりよかった三男と四男を大学に行かせようと考えて、長男を退学させ、村に戻して働かせることに決めた。

ある日、常五姐は長男を庭に呼んで、他の兄弟たちを長男の前に並ばせ、三男と四男を一歩前に出させると、長男に向って言った。「この二人は大学に行かせる。二人の生活費は私とお前で一人ずつ引き受けるけど、いいかい？」

「分かった」、長男は即答した。

「三男は私、四男はお前が面倒を見る。いいかい？」

「いいよ」と長男は答えた。

長男はちゃんと約束を守った。いつも自転車を漕いで、町の中学校まで弁当や缶詰などを届けに行った。自分が面倒を見た弟が後にハーバード大学の教授になるとは、長男は想像もしなかっただろう。四男はどれほど賢いのか？「せいぜい中の上くらいだ。私が成功できたのは母のこらしめ棒のお蔭だ」と、本人が後に書物に書いているくらいだから、自分でもそれほど賢いとは思っていないようだ。

中二から中三への進級試験直前に、四男は自習をサボって教室でトランプ遊びをしたせいで、一番の成績を取れず、クラスの真ん中のレベルに落ちたことがある。それを知った常五姐は、こらしめ棒が折れるほど四男を叩いて、一晩じゅう庭に跪かせた。それ以降彼は奮起し、エリート大学への進学を果たすまで、試験という試験でトップの成績を取り続けた。常五姐はそれが長男の手柄だと思っている。

常五姐の話を聞いて、劉さんは自閉症児の世話をする気をなくした。常五姐もこれ以上孫の世話を彼女に頼むつもりはなかった。荷物の片付けを手伝って彼女を見送ることにした。その日、常五姐は、彼女と一緒にアパートを出て、バスに乗って長距離バスターミナルまで一緒に行った。そこまで親切にされて、劉さんは申し訳なさそうな顔をしていた。自分に何か言いたいことがあるのではと劉さんは訝しげな顔をしたが、常五姐は何も言わずにいた。実際、常五姐はひと言を言いたかったのだ。いくら頭が良くたって、高が知れているんだよ。

六

劉さんを見送り、孫の手を引いて歩きながら、常五姐は、長年弟や妹の面倒を見てきた障がい者の長男のことを思い出していた。最初は半人前だった長男も徐々に一人前に働けるように成長した。馬鍬《まぐわ》のように頑丈になった両手は、硬い皮ふに覆われて棘すら刺せなくなっていた。

長男は弟たちへの約束を忘れることはなかった。一週間に一度、自転車で村から十五キロも離れた田舎町の中学まで、缶詰や惣菜などの食料を四男に届けるのは、長男の役目だった。四男だけではなく、当時、村から四十キロ近く離れた県城（県政府が置かれている町）の高校に通っていた三男にも食料を届けていた。苦しい生活の中でも、弟たちの面倒をよく見ていた。それなのに、弟たちは兄に怪我を負わせた。その頃、長男は二度怪我を負った。一度目は生産隊[18]の隊長の息子に切り付けられたのだが、二度目は三男と四男に怪我を負わされた。

当時、村では定期的に映画が放映されていた。漢水中流の河西辺りではそれを「映画を打つ」と言った。「映画を打つ」日は、お祭りのようなもので、老若男女、村を挙げての総動員となり、村人はみな椅子や腰掛を持って観に行くのだ。毎回映画が終わった後、長男は懐中電灯を手に広場で人の落とし物を探しまわった。万年筆やハンカチの類いが彼の収穫となった。

ある日、彼は一本の万年筆を見つけた。拾おうとした時、たまたま生産隊長の息子もそれを見ていたので、二人は取り合いになった。生産隊長の息子は鎌を使って長男の手に切り付けた。その上、生産隊長までやって来て長男を縛り上げようとした。それで常五姐は生産隊長と口論になった。悪いことは続き、長男は自分の弟たちにも怪我を負わされたのだ。

それは昼ご飯の時だった。子どもが大勢いる家庭で育った人なら分かると思うが、あの時代の食事はまさに戦いだった。普段、長男が一番よく働いているので、優先的にご飯をよそうことになっていた。しかし、あの日彼は、兄弟たちが楽しみにしていたご飯のお焦げを取ってしまった。三男と四男はそれに腹を立て、三人は喧嘩になった。三男の投げた鉄ペラが長男の頭に当たり、四男の投げた椅子が竈へ飛んでいって鍋が割れた。

そう、鍋が割れたのだ。あの時代、鍋が何を意味するのか分かるだろう。三男と四男は叱られるのが恐くて、近くの胡麻畑や煙草畑に身を潜めて対策を練った。二人は新しい鍋を買ってこようと決めた。そうしなければ母親のこらしめ棒で叩かれて死んでしまうだろうと思った。そうは決めたものの、二人には一文もなく、しかも、いくらあれば鍋が買えるのかさえ知らなかった。

漢水中流の両岸地域では、胡麻の葉入り麺[19]はとっておきのごちそうだ。胡麻の葉さえあればおかずは要らない。真夏の日に塩漬けの胡麻の葉を散らした麺に胡麻油を二、三滴垂らして啜っていると、暑さも忘れ、これ以上満ち足りた人生があるかという心地になる。二人はその胡麻の葉を摘みに胡麻畑に走った。いっぱい積んだ胡麻の葉を柳の枝に串刺しにした頃には、辺りはすっかり暗くなっていた。その時、突然巨大な隕石が二人から少し離れたところに堕ちたのが見えた。しかし、二人がそこへ走っていって見ると、跡形もなかった。

後年、三男は、「あの時のことを覚えているか」と四男に聞いたことがある。「あの時の巨大な隕石のことは、今でも記憶に鮮明に残っているよ」と四男は答えた。「大きな星が円を描くように空から滑り堕ちて、僕らの見つからない所へ消えていったんだよね」、数十年が経った今でも二人はあの胡麻畑のことをよく思い出すのだ。

あの日、摘み取った胡麻の葉を持って、二人は丹江口に向かった。急いで歩いたせいか、丹江口までの道のりは二人が思ったほど遠くなかった。初めて行く二人はそこに着くまで一晩歩かなければならないと覚悟していたが、深夜には谷城と丹江口の境に着いた。川沿いの窯元で焼き物職人たちが働いていた。夜の川面に踊る赤々と燃える炎が、二人の目に鮮やかに焼き付いた。その後二人は大溝を恐《おそ》る恐《おそ》る通り過ぎた。大溝というのは、丹江口に行く時に必ず通る深い谷であり、通行人の財産を狙った盗賊がいつも待ち伏せているという言い伝えがある。二人は休憩を挟みながら歩き続け、朝霧が立ち込める時分にようやく丹江口の市街地にたどり着いた。

籠いっぱいの胡麻の葉を売って、一元（日本円で約十五円）を手に入れた。一元で鍋が買えるのか？二人は知らなかったが、一元は彼らがそれまで見たことのない大金だった。普段、二分（一元の五十分の一）のコインしか目にしたことがなかった。昼ごろ、二人は丹江口の街にある食堂の前に立ち止まって、しばらくそこから離れることができなかったが、結局、肉まん一つを買う金を惜しんで我慢した。当時、肉まん一つの値段は五分で、一角（一元の十分の一）出せば二つ買えた。だが、二人は買わないと決めた。一元札を握りしめて、丹江口から折り返し、二十キロ以上歩いて漢水中流にある河西常家営村に戻った。

帰り道、二人は丹江口大橋の雄姿を目にした。当時その大橋の絵がタバコの箱の包み紙に描かれていた。子どもたちはよくタバコの包み紙を使ってメンコ遊びをしていたので、その橋の絵を見慣れていた。二人にとってその大橋は憧れであり、夢の世界への入り口であった。彼らの努力の目標はその夢の世界に近づくことだった。

夕陽が玄関口に射し込む頃、常五姐は二人から一元を受け取った。鍋が割れても、常五姐は新しい鍋を買わず、流しの鋳掛け屋に修理してもらうことにした。鍋は完全に割れてしまったわけではなく、真ん中に一筋のヒビが走っただけなので、ヒビの所をつぎはぎして使い続けた。鍋を割って困っている人がいれば、常五姐に教えて貰うといい。鍋を斜めにして、ヒビのないところに火を当てて気をつけて使えば、問題なくご飯を炊けるのだから。

こうして、先の見えない、方向も判別できない、希望も見いだせない日々のなか、常五姐は勘と本能に頼って、一日また一日、一年また一年と家族を導いてきたのだった。

数年後、四男は高校受験で町や県レベルの高校を飛び越え、いきなり襄陽市でトップの高校に合格した。襄陽市は村から数百キロも離れているので、障がい者の長男が自転車で行ける距離ではなくなり、長男が弟たちへ食料やお弁当を送り届ける時代は終わった。

その後、四男はさらに北方の大都市にある大学を卒業し、アメリカへ渡った。障がい者の長男の想像を遥かに超えた世界へ旅立ったのだ。食料を送り届けていた長男は、漢水沿いの一本道しか知らないし、彼が自転車で行ける距離はせいぜい五十キロが限界だった。しかし、彼が育て上げた弟は、彼の知らない言葉を使いこなし、汽車や飛行機に乗って彼の見たことのない海や空を渡り、想像すらできない異国で暮らしている。

七

さまざまな方法を試してみた。しかし、孫の病状は好転しない。次男が焦っていることは常五姐にも分っていた。特に孫が小学校に上がる頃になると、次男は目に見えて自制が効かなくなっていった。

ある日、自閉症の子どもの親たち数人が次男を訪ねてきて、自閉症児の親の会を作りたいので、一緒にやりましょうと誘った。子どもの病気のためにずいぶん辛酸を嘗め、結果を伴わない治療や根性の要る訓練に長年耐えてきた彼らはほとんど限界に達していた。それで、彼らは治療と訓練を諦め、現実を受け入れるという選択肢を考え始めた。ただ、現実を受け入れると言っても、子どもを家に連れ戻し、何もしないというわけではない。子どもたちを集め、集団生活を送らせ、その中で子どもたちは差別を受けることなく、平等で自由な生活を送る。そして、親たちも親の会という交流の場を作って、理解し合える、安定した環境で人生を楽もうという考え方だった。

次男は拒否した。最初は興味深く聞いていたが、話が半分ぐらい進む頃には完全に興味をなくしていた。それでも、かろうじて最後まで席を立たずに彼らのやり取りを聞いていた。

「訓練が役に立ったことがありましたか？」

「何の役にも立たなかった」

「病院の治療は効果がありましたか？」

「なかったよ」

「西洋医学が得意とされる同済病院や協和病院、中日友好病院など、有名な大病院でもこの病気を治せなかったじゃないですか？」

ちょうどその頃、次男は漢方医学で治療することを考えていた。自分の考えを彼らに話したが、ことごとく否定された。漢方でも治せないと言うのだ。

次男は不愉快になって席を立ち、入会を断った。そこを離れる時、次男はきっぱりと彼らに言った。「私と皆さんの一番の違いは何だと思いますか？　皆さんは治療を諦めたようですが、私は決して諦めないことです」。

ひとりになった時、次男はある種の高揚感に包まれていると感じた。彼は車を走らせながら、窓の外の青空に向かって叫んだ。「諦める？　諦めやしないよ。俺の息子だ、諦められるわけがない！」

次男はスピードを上げた。自分の息子が小学校に入学する年齢に近づくと、高名な道教の大師や祈祷師などを見つけようとして、方々を探し歩き、彼らの力で息子の病気が一夜でよくなることを願った。新学期が始まる九月一日に、ほかの子の親と同じように、自分も息子を連れて学校に行くことを夢見た。

次男は、息子を道教の大師に弟子入りさせた。大師は後に荊州の太暉観の道長になったほどの人格者であり、長く修行を積み、道術を極めた老師であった。大師は息子のためにいろいろ知恵を絞ってくれたが、万事を成すには機縁というものがあり、時期が熟すのを待つしかないと諭した。

それから次男は風水師にも来てもらった。実家の風水を整えることで息子の自閉症がよくなると考えたのだ。風水師は常五姐の夫と一緒に郷里の襄陽市近郊に行って先祖の墓を探した。しかし、夫は数十年も郷里に帰っていなかったので、先祖の墓を見つけることができなかった。風水師も一緒になってあちこち探したが、とうとう位置確定ができなかった。

荊州では民間療法として、祝由術《チューユーシュー》という巫術がある。それは道教の法術の一種で、民間では難病奇病の治療によく使われていた。道教の大師もそれらの民間療法に助けを求めることがある。大師は次男をある巫術師に引き合わせた。その巫術師が言った。「息子さんは冥土に借りがある。その償いをするために九年かかり、毎年祈祷をやらなければならない」、次男はそれを真に受け、毎年その巫術師に祈祷をしてもらった。

また、武当山で修行した大師を紹介してくれる人もいた。次男は大師に、「もし、息子が言葉を話せるようになるのなら百万元支払おう。着手金として一万元を前払いする。これは口約束ではなく、契約書に書いて公正証書を付けてもいい」と言った。大師は息子を武当山へ連れて行ったが、翌日戻って来て、「前払いの一万元はもう使い果たした」と告げた。その時も、次男は空に向かって、「諦めないぞ。諦めるもんか！」と叫んだものだった。

次男は命を失いそうになったこともある。その頃、次男の息子は長陽県にある土家族の盧先生の家に寄宿していた。冬の寒い日、武漢にいた次男は一本の電話を受けた。単《せん》大師という、医術と気功を併用して多くの難病奇病を治せる達人が襄陽市に来ているという知らせだった。電話をよこしたのは次男の友人の汪さんで、彼が大変熱心に薦めるので、次男は息子を連れて単大師に会いに行くことにした。単大師は南アフリカで開業医として暮らしているのだが、今回は帰省のために数日滞在するそうだ。汪さんは単大師の治療にまつわる奇跡のような伝説を聞かせてくれた。なんでも、汚職で罷免された襄陽市の元高官の話だ。その高官は在任中に病気に罹り、足の浮腫がひどくて靴も履けなかった。彼に取り入りたい病院の院長たちは、その治療にずいぶん頭を痛めたが、治せる病院はなかった。そんな時、単大師が気功を使って半日も経たずにその病気を治した。完治した日の昼の宴席で、大師は磁器の皿を料理にする奇術まで披露した。高官が試しに一口かじると、欠けた痕がそのまま皿に残った。

もっとすごい話もある。単大師が南アフリカで、ある高官の夫人を治癒した話だ。なんでも、その夫人は六、七年間も寝たきりになっていたが、単大師は治療を引き受けた初日から念力を送って、夫人をベッドから起き上がらせてから、ドアまで往復させたりした。それを毎日繰り返して、半年後には夫人の病気が治ったそうだ。

次男は、武漢から車を四時間走らせて、長陽県にいる息子を拾い、踵を返すようにして、襄陽市を目指してまた三時間運転した。あと一時間ちょっとで目的地に着くという時、汪さんからまた電話が入った。「大師が観測したところ、この病気は自分には無理だから、来なくてもいいと伝えてくれ」と言われた。

高速道路を走っている最中にそれを聞かされ、次男は全身から力が抜けた。道端に車を止めると、顔をハンドルに伏せていきなり声をあげて泣いた。泣き続ける彼は、行き交う車のけたたましいクラクションにもまったく気づかなかった。単大師でさえ治せないなら、ほかに誰が治せるというのか？　このまま諦めろと言うのか？

次男は泣き疲れて次第に声も小さくなり、なんと高速道路で居眠りをしてしまった。疲れがどっと出て、体が一気に崩れてしまったのだろうか。間断なく行き交うトラックの音も、彼を眠りから目覚めさせることはできなかった。どのぐらいの時間が経ったのか分からないが、次男は窓ガラスを叩く警官に起こされた。目の前には一台のトラックが横転していた。警官は次男の車に何か起こったのかと思ったようだ。警察官に起こされた時、次男の顔には涙に濡れた痕がまだ残っていた。

「死にたいのか？」、警官は怒鳴った。

危うく命を落とすところだったが、次男は自分の行動を少しも後悔しなかった。しかし常五姐は次男をひどく叱った。次男は納得いかなかった。

「子どもを救うのが、いけないって言うのか！」

「そうよ、いけないことよ」

「ほかの親たちのように諦めろって言うのか？」

「そのとおりよ、諦めるの」

次男は母親の真意をつかみかねた。信じられない、それが孫を愛する祖母の言葉なのか。その頃、次男には新しい家庭ができ、可愛くて利発な女の子も生まれていた。

常五姐は言った。「お前には自分の生活があるだろう、もっと自分のことに時間を使いなさい。もっと娘を大事にしなさい」

母親の気持は分かるが、次男は息子の治療を諦めて中断することがどうしてもできなかった。これまでどれだけのお金をどぶに捨ててきたことか。数年来、どれだけ骨折り損を繰り返してきたことか。どれだけの廻り道をし、どれだけ意味のない人に会い、どれだけ無駄な涙を流したことか。それらの苦い経験は身にしみて分かっていた。それでも真っ暗な夜道を手探りしながら進み続けたのは、いつかどこかで、暗闇を突き破る一筋の光が射し込んでくると信じていたからだ。もし立ち止まったら、諦めてしまったら、その光を見ることは永遠に叶わなくなる。しかし、今、母親まで諦めるように自分を説得するとは。

次男が息子の病気を治すことを諦められない気持ちは、常五姐にもよく分かっていた。だが、彼女は次男を説得するしかなかった。なぜなら、かつて自分もそうしたからだ。

昔、長男が聴力を失い、七歳になっても言葉がはっきり話せなかった時、学校に行かせるかどうか常五姐は悩んだ。今の次男と同じような気持ちで、子どもを学校に行かせることを第一の選択肢としていた。あの頃はまだ病名が確定されておらず、奇跡が起こって、道教の大師や神医が一夜にして長男の病気を治してくれる、という望みをもっていた。

長男が小学校三年生になり、自分の名前が書けるようになった頃、病名が確定された。一生治らない病気だから、あちこち連れて行って治療しても無駄だと医者に言われた。それで、常五姐は長男に学校をやめさせ、村に連れ帰って畑仕事をさせることにした。

いわば、常五姐は長男を犠牲にしたのだ。十歳を過ぎたばかりの少年、満足に耳が聞こえず口もきけない子どもを村に連れ戻し、働かせて一緒に弟妹たちを養う重荷を分担させた。その時、彼女には四人の子どもがいた。後の二人はまだ生まれていなかった。

十歳の子どもを働かせることに常五姐に葛藤はなかったのか？　障がいのある、まだ体の小さい長男が村の大人と一緒に働いているのを見て、常五姐が悲しくないはずがない。長男に辛い肉体労働をしてほしくなかった。なんといってもまだ十歳を過ぎたばかりの子どもなのだ。何か技能を身につけて、少しでも楽な仕事、技術的な仕事をしてもらいたかった。大工の仕事を覚えてほしくて、長男に大工道具をいろいろ買い与えた。ところが、体の小さい、耳も口も不自由な長男は大工を馬鹿にしていた。彼は働き盛りの大人の後に付いて田んぼを耕したり、草取りをしたりする肉体労働が好きだった。

常五姐は長男の耳元に近づいて言った。「あんな大変な仕事、きついだろ？」長男は言った、「平気だ！」。彼は斧や鉋《かんな》などの小道具や楽な仕事に興味はなく、大工の見習いの話を断り、生産隊の大人に付いて働きに出た。しかも大変な仕事ばかり好んでやった。

長男のことで気を揉み、心配したのは常五姐だけだった。長男はすぐに煙草や酒を覚えたが、常五姐は反対しなかった。暇があれば長男に煙草を勧めた。長年、長男を犠牲にしてきたことを常五姐は認めていた。だがああいう状況で、長男に犠牲になってもらうほかに何ができるというのだろうか？　長男が犠牲にならなかったら、別の結果になっていたかもしれない。下の兄弟たちが中学校を卒業したら田舎に戻り、そろって農民になる。実際、その頃、近所の人たちはこう言っていた。「あの家の男の子たちは、いずれ大きくなったら立派な働き手になるだろうよ」

数年経って、村人はようやく常五姐の意図に気づいた。常五姐の家では長男以外の男の子たちは村に帰ってくるどころか、ひたすら上を目指して進学していったのだ。同じ村の子どものほとんどは中卒だが、常五姐の息子たちは高学歴を手に入れようと勉学し続けた。常五姐がそうしむけたのだ。

常五姐の意図を分かった村人たちは悪口を言い始めた。

「あんなに男の子がいるのに、誰も村に戻ってきやしない。口のきけない長男だけに働かせて」、「一家全員がひとりの障がい者に養ってもらってるのさ」、「なんてひどい母親だ！」

障がいのある長男が懸命に働いて、何人もの幼い弟妹を養う状況はどのくらい続いたのだろう？　長男が村で働き始めた頃は、文化大革命の後期から生産請負制が導入された時期であり、中国の農民の暮らしがもっとも厳しい時代だった。労働点数に応じて食糧が配給される時代では、彼は懸命に点数を稼いだ。その後、農家ごとに生産量を請負う生産請負制が始まると、彼は請け負った土地でがむしゃらに働いた。彼が忙しく働いていた間に、常五姐に五番目と六番目の子が生まれた。彼が懸命に働いていた間に、弟妹たちは小学校から中学校へ、高校から大学へと進学していった。長男はそうして二十年間も働いて弟妹たちを支え続けた。

当時、田舎町の中学校と県内の高校の学生は、学校に食事を作ってもらうために、米や小麦粉を学校の食堂に渡さなければならなかった。しかも、学校が受け取るのは精製した米と小麦粉だけで、雑穀の玉蜀黍《とうもろこし》やさつま芋などは受け取りを拒否された。そのため長男は、精米を弟や妹たちに持たせ、自分は雑穀ばかりを食べていた。彼はこう理解していた。学校で勉強するのは弟や妹たちの役目だから、当然そうすべきだ。働くことは自分の役目だから、彼らに食べさせることも当たり前だ。自分が損をしたとか、利用されたとか、不公平だとは一度も思ったことはなかった。

しかし、村の人たちはそうではなかった。

やがて、長男はますます逞しくなり、そして思春期に入った。村では、同じ年頃の若者はひとりまたひとりと嫁をもらった。若者たちは彼に入れ知恵をするようになった。「なんでお前ばかり家族を養うために苦労してるんだよ?」、「お前は損をしてるんだ、分からないのか?」、「嫁をもらうためのお金くらい取っておけよ」、「ひとりであんな大勢を養うことなんてないよ」、「分家しろ、分家」。

最初、なぜ、そんなことを言われるのか理解できなかった長男は、家に帰ると母親に聞いた。そして何度もそのようなことを言われるうちに、彼もだんだん村人たちの言うことを信じ始め、自分が損をしたと思うようになった。

その頃は、学校に行っている弟や妹たちはそれぞれ大事な時期に差しかかっていた。三男は高三で大学受験を控えていた。四男は市のエリート進学校の高校一年生だった。末娘は中学の三年生で、進学校の高校を目指していた。次々と受験が続き、一瞬の気の緩みも許されない時期だったのだ。

そんな時、怒りを爆発させた長男はストライキを始めた。家族は、長男の怒りでようやく分った。障がい者の長男が一家にとってどんなに大切な存在であったのかを。長男がいなければ自分たちの人生もない、ということに家族はようやく気づいたのだった。

八

孫の世話をしているうちに、理にかなっているかどうかは分らないが、常五姐は暴れる自閉症の孫を鎮める自己流の方法を見つけた。

もっとも手に負えないのは孫が指を噛む時だ。指を噛む時の孫は、額に青筋を立て、目を真っ赤にして大声で喚きながら、まるで綿でも噛んでいるように、指を噛みちぎっては引き裂くのだった。そうなったら誰にもどうすることもできない。孫が暴れるのを止めようと、噛み付かれて怪我をした人が何人もいた。

いつか常五姐が孫の指の傷跡を揉んでやっていた時のことだった。その傷跡はちょうど親指と人差し指の間にある合谷《ごうこく》のツボにあった。漢方の知識のない常五姐は、合谷というツボがあるということを知らなかった。ただ孫が愛おしくて、いつも傷跡のところを優しく揉んでやっていた。揉んでやると、孫は素直になるし、とても気持ちよさそうな表情を見せた。それを見て常五姐もほっとした。揉み続けると孫は笑顔を見せ、声を出して笑うこともあった。

ある日、孫はまた指を噛んでいた。困った常五姐に突如ある考えが浮かんだ。手を揉んでやったら、少し落ち着くんじゃないだろうか？　孫がいつまでも泣き続けていたので、試してみようと思った彼女は、孫の手をとって揉み始めた。揉まれているうちに、孫は指を噛んでいる口元を少し緩めた。何かが変わったと感じたようだ。とにかく今までと何かが違う、まわりにある何かが変化しているように感じたようだった。孫は噛むのをやめ、風の音や鳥の囀りでも聞いているようなそぶりを見せた。周りの変化をとらえようとしたのかもしれない。さらに常五姐が揉み続けると、孫はきつく噛んでいた指を完全に放した。常五姐はいくらか興奮を覚えた。それからは、暇があると彼女は孫の手をとり、合谷のツボをゆっくり押さえながら揉んであげるようになった。それ以降、孫はあまり癇癪を起こさなくなった。自分のやり方が正しいかどうか自信のなかった彼女は、この発見を夫に話した。

常五姐の夫は真面目な人だった。夫は妻から話を聞いて、すぐに色々と調べてみた。その場所が漢方の所謂ツボであること、そのツボは合谷ということ、そこを刺激すると胆嚢や肝臓などの治療に効果があるということを調べて分かった。では、自閉症の治療にも有効なのか？それは分からないが、夫も常五姐と同じように時間さえあれば、孫をそばに坐らせ、ゆっくりとそのツボを揉んであげるようになった。

ふたりはそのことを次男にも話したが、最初次男は興味を示さなかった。後に次男が『黄帝内経』を研究していた学者に聞くと、合谷のツボの押し揉みは医学的に見ても理にかなっているとのことだった。多くの精気（神経）が合谷のツボに集中し、五穀のエネルギーが合流しているため、そこを刺激することによって内臓や胃腸の調節、精神の安定に確かに効果があるのだという説明を受けた。しかし、それで自閉症が治ると言い切れる漢方医は、一人もいなかった。合谷のツボを揉むことによって自閉症の症状が改善されても、それで自閉症が治るかどうかは、症例を積み重ねなければ分からないことだ。

指を噛んでいるのを見ているだけで、何もできないのなら、放っておくしかない。子どもが泣き喚こうが、手を噛んで血塗れになろうが、茫然として見ているしかない、それまでは何もしないのが唯一の方法だったから、少しでもよくなればありがたいことだった。

苦しみに長年耐えてきた常五姐には、そのようなことはすべて分かっていた。数十年の経験と教訓を積んできたから分かるのだ。耐えて受け入れる、そして見守る、そのほかにはなす術はなかった。長男がそのいい例だった。

当時、村人から色々と知恵をつけられた長男は、ある日突然、弟や妹たちの面倒を見るのをやめて分家して暮らす、と言いだした。障がい者の長男が？　分家するって？　誰と分家するというのだ？　常五姐はあっけにとられた。

その頃、常五姐の夫は、十五キロほど離れた漢水下流にある町の中学校で教員をしていた。長男以外の子どもたちはみな学校の寮で暮らしていて、家に残っているのは常五姐と長男だけだった。家には土間が三間と、離れが一つあるだけだ。分家するって？　まさか自分と家を分かつと言うのだろうか？　とんでもない。当然、常五姐は首を縦に振らなかった。長年苦労して弟妹たちの面倒を見てきたのではないか。ようやく、あともう少しのところで成果が出るというのに、分家すると言い出すとは。どうすればいいのか？　常五姐はさっそく夫に相談した。夫も反対だった。分家を言い出したのは長男だが、よその人から見れば、健常者が障がい者を利用したいだけ利用したあげく、用が済んだら家から追い出したように見えるだろう。

なかなか承知してくれない母親に対して、長男はストライキをして徹底抗戦した。農作業を放棄し、一日中寝て過ごした。炒った豆を寝床に置いて、目が醒めても起きず、お腹が空けばそれを食べた。「朝ご飯を作れ」と母親に言われても、「俺は食べないから」と言って、動こうとしなかった。朝、便所に入ったら二時間もこもって出てこなかった。常五姐はどうすることもできなかった。次の日、常五姐は「食べなくても作れ」と命令したが、それでも長男は動かなかった。怒った常五姐は、ついに彼にびんたを一つ食らわすと、長男も負けずに母親にやり返した。とにかく、そのような争いは二人の間にしばらく続いた。

長男にはどうしても納得できなかった。なぜ、ろくに働きもしないやつらが嫁さんをもらえるのに、働き者の自分は誰にも相手にされないのか？　幼い頃から怠け者にはお嫁さんが来ないと、母親に言い聞かされてきた。しかし、自分はこんなによく働いているのに、なぜ嫁がもらえないのか？

ある大雨の日のことだった。つい今しがたまで晴れていたと思ったら、突然バケツをひっくり返すような大雨が降ることを、漢水河西あたりでは白雨《バイユイ》と呼ぶ。その日も白雨が、今にも降り出そうになったので、常五姐は慌てて玄関先で日干ししていた麦を取り入れようとした。しかし、広がり過ぎて、かき集めるまでに雨が降ってきそうだ。常五姐は長男に手伝うように声をかけたが、長男は知らんぷりをしていた。焦った常五姐に叱られると、長男は手伝うどころか母親に殴りかかろうとした。常五姐はしかたなくひとりで麦の取込みを始めた。大雨の中で少しずつ掻き集めた麦を袋に入れる母親を尻目に、長男はただ突っ立って見ているだけで、少しも手伝おうとはしなかった。最初、常五姐は焦り、腹立たしくてしかたがなかった。しかし、いくら焦っても、いくら腹を立てても大雨が待ってくれるわけでもなく、それどころか叩きつけるように容赦なく降ってきた。びしょ濡れになって、水に浸かった麦を見て、常五姐はかえって落ち着き、諦めがついた。長男が意地を張っているかぎり、どうすることもできない。力では長男に敵わないし、口で言っても効果がない。我慢するしかない、我慢して麦が白雨に濡れるままにするしかないのだ。それに、怒ったらこっちの負けだ。怒れば怒るほど相手が喜ぶのだから。

それだけではなかった。分家の要求を聞き入れてもらえなかった長男は、行動を起こした。彼は勝手に土間一部屋と離れを自分用に改造し、残った土間二部屋を常五姐と弟妹たちに充てた。長男は離れの半分を寝室にし、残り半分に竈《かまど》を据えた。彼が勝手に壁を取り壊そうとした時、常五姐は止めにかかった。怒った長男が母親に殴ろうとしたちょうどその時、常五姐の弟、つまり長男の叔父がたまたまそこを通りかかり、長男と殴り合いの喧嘩になった。叔父は村のトラクターの運転手だった。天秤棒で水を担いで自転車に乗ったり、自転車を一輪車に改造したりする変わった男として村で有名だった。長男は叔父に敵わず、殴られた。

常五姐に暴力を振ろうとした長男のことは、叔父が懲らしめてくれたが、喧嘩の後、常五姐は号泣した。長男が家のために尽くしてくれたことや障がい者であることを思うと、不憫でならず常五姐は涙が止まらなかった。世間知らずの長男は分家を言い出して引かないが、いざ分家したら障がいのある彼が、どうやって暮らしていけるというのか？　ひとり暮らしをするには、ただ畑仕事や重労働ができればいいというわけではない。食事や洗濯、裁縫など、ごまごまとした日常のことはどうするのか？

しかし、長男は、いくら言い聞かせても聞く耳を持たず、自分の考えを曲げようとしない。それで、夏のある日の午後、常五姐の夫は数十キロ離れた職場から帰ってくると、村の長老、生産隊の隊長、長男の叔父など信頼の篤い人たちを集め、庭先の大きな楡の木の下で対処の方法を検討することにした。

障がい者が分家を言い出すことは、常家営村はもちろん、漢水河西あたりでも初めてのことだった。常五姐は最初、どうしても同意できず、楡の木の下に坐って涙に暮れていた。だが、長男は一歩も譲らなかった。そこで、村の長老たちに証人になってもらい、家から追い出すのではなく、長男自身が望んで分家するということで事態を収拾することにした。

話が決まると、生産隊の隊長は、長男の気持ちを確かめるように聞いた。「分家したら、お前のために食事を作る人がいなくなるけど、いいんだな」

「自分でやるさ」と長男は答えた。

「畑から疲れて帰ってきたお前に、そんなことできるか？」

「心配せんでもええ」

「洗濯などをしてくれる人はもうおらんよ」、村一番の長老も口を挟んだ。

「そんなの、自分でやれるよ」、と兄は即答した。

「そこまで言うなら分家させてやろう」。

床に伏せって起き上がれなくなった常五姐を無視して、長男は勝手に母屋から離れに繋がる通路に石垣を積み、離れの壁に穴を開け、新たな出入口を造った。常五姐の目の前で、食糧、油、塩から日用品の家財道具に至るまで、長男はことごとく自分の部屋に運び、新しい自転車も持っていった。

この世のさまざまなことは思う通りにいかないのだから、長男が言うことを聞かないのも、孫が指を噛むのも、なるようにしかならないのだ。あの時も、障がい者の長男の分家は、好きにさせるしかなかった。

毎日、外でぶらぶらしはじめた長男を常五姐は心配でならなかったが、長男のほうは束縛されなくなったので、毎日自転車に乗り、村のあちこちをぶらつくようになった。嫁を世話するからと聞けば、その人について行き、農作業の手伝いをした。そのうち、村の全員が彼に見合い相手の世話をするようになった。それればかりか、よその村の人も言い寄ってきた。長男は、一軒また一軒と、嫁を紹介してくれると言われた家へ行って働き続けた。麦の刈り入れの時、「腕がいいね」とか「力持ちだね」とおだてられると、長男は肩がどんなに痛くても麦を担いで休まずに働いた。

常五姐は長男のことが気がかりで、気の休まる日がなかった。どの家で働いていたのか、煙草を何本吸い、酒を何杯飲み、どんな料理を食べさせてもらったのか、すべて把握していた。数カ月が経った時、長男は服はボロボロ、髪はぼさぼさ、部屋も荒れ放題になった。いつも長男を心配していた常五姐は、次第にみぞおちのところが痛むようになった。

ある日、町から自転車で戻る途中で、長男はおんぼろの自転車とぶつかってしまった。相手側の三人の若い男は損害賠償だと言って、長男の新しい自転車を奪い、ぼろ自転車を残して去っていった。それを知った常五姐が町役場に訴えて出たので、役場の人は相手の村まで行って自転車を取り返してくれたが、自転車のベルなどの部品は取り外されていた。

しかし、母親のしたことを長男は有り難がるどころか、「俺のことにかまうな」と言って、相変わらず毎日外をぶらぶらと歩き回った。とうとう、村の中学校の人望の篤い先生である陳世恭に乱暴を働くという、大変な事件を引き起こした。その事件は、村の派出所や町の教育事業の責任者を兼任していた町長、教育委員会の幹部たちを驚かせた。集まった彼らは、その日のうちに緊急会議を開き、夜遅くまで議論して長男への処分を決めた。長男に全校生徒の前で陳先生に土下座して謝罪させるという決定だった。

一九八六年六月のある晴れ渡った日、漢水中流にある谷城県沈湾郷の中学校の校庭で、長男に対する批判大会が行われた。それは近隣の村にも伝えられ、多くの農民たちが見物に集まった。逃げられたり、暴れ出してほかの人を怪我させたりするのを防ぐためだと言って、派出所の人たちは長男に手錠をかけ、縄で縛ったまま前の晩から学校に拘束した。

ことの発端はこうだった。退職した陳先生は長男の父親の旧友であり、元同僚だった。同じ陳という苗字なので、父親は陳先生を兄さんと呼ぶほど親しい間柄だった。週末に学校から村に戻ってきた父親は、いつも陳先生たち数人の友人と酒を飲み交わした。その日、いつものようにぶらぶらしていた長男は、中学校で陳先生とぱったりと会った。長男が普段どおりに挨拶すると、「嫁さんはどうなった?」と陳先生に冗談まじりに言われた。からかわれたと思った長男は怒りだして殴りかかった。だが、普段いつも、伯父さん、伯父さんと呼んでいた人だから、長男も本気で殴ろうとしたのではなかった。そうは言っても、陳先生を掴んで七、八メートルほど引っ張ったのは事実だった。

大勢の人が見ていたなか、面目を失った陳先生は警察に通報した。長男は派出所から駆けつけた警官によって連行された。公開の場で謝罪させ、土下座させるなど、司法機関に代わって教育機関が処罰を下すのは、当時では教育現場の紛糾を仲裁する方法の一つだった。

批判大会が始まる前の晩、父親が長男を説得した。もし土下座しなければ、手錠をかけられて刑務所に入れられると、長男の耳元で言い聞かせた。長男の認識では、手錠をかけられて刑務所に送られるのは悪人だけだったが、映画やテレビで観た光景を思い出して、長男は怖くなった。一晩経って冷静さを取り戻した長男は、陳先生に悪いことをした、謝ろうと思うようになっていた。

一九八六年六月、ギラギラと太陽が照りつけるなか、千人近くの群衆が校庭に集まった。その視線は壇上の父子ふたりに注がれていた。父親は謝罪文を読み上げ、息子は跪いて土下座をした。生徒たちや村人たちは総立ちして首を伸ばして見ていた。なかには涙を流す人もいた。

現場に行くことを拒否した常五姐は家の玄関先に坐り込み、どうすればいいか分からず、煙草に火をつける気力もなく茫然としていた。

障がいのある長男は自分が産み育てたのだから、教育する責任は自分にある。こうなったのはすべて自分の責任だ。ただ理解できないこともあった。なぜ、障がい者にそこまでするのか？　数十年の付き合いなのに、手のひらを返すような態度で、少しも容赦がないのはなぜだろう？

常五姐は家の前の大木の下に坐って煙草に火を点けようとしたが、手が震えて何度やっても火は点かなかった。みぞおちに痛みがまた走った。今頃、息子は土下座しているのだろうと、現場の様子を想像しながら常五姐は頭上の太陽を見上げた。

息子のことはよく分かっていた。あの子は素直に土下座するだろう。障がいがあるため、人の話を思うように聞き取れない時、乱暴な振る舞いをすることもあるが、本当は気が小さくて心根の優しい、話の分かる子なのだと常五姐は思っていた。事件の後、常五姐は手土産を持って陳先生宅にお詫びに行ったが、門前払いされた。

分家した後も、常五姐は毎日長男の食事を作っていた。作った食事をテーブルの上に置いたり、鍋の中に入れたりしていた。最初、長男は頑として食べようとしなかったが、外でぶらぶらして帰り、食事を作るのが面倒くさくなってくると、鍋を開けて食べるようになった。洗濯物も、最初は怒って殴りかかるほど嫌がっていたが、そのうちに抵抗を諦め、洗濯されたものに着替えるようになった。常五姐は、長男が手伝いに行った家を一軒ずつまわり、安全のことや食事のことを注意するよう頼み、酒を飲ませすぎないようにと念を押した。

長男が土下座した時、幹部たちは壇上に一列に並べられた席に坐って見ていた。障がい者に対して、そのやり方は不適切だと思ったのだろうか、そのなかの一人が立ち上がり、土下座している長男を立たせようとした。だが、その後はどうしていいか彼にも分からず、しばらく躊躇したが、結局席に戻った。生徒たちは壇上で土下座している長男を見ようと、立ち上がって近寄ってきた。「もとの席に戻りなさい！」と叱られて、生徒たちはぞろぞろと席に戻っていった。

常五姐は椅子から立ち上がった。批判大会はもう終わった頃だろう、息子の様子を見に行かなくては。

したのだ。

九

常五姐が村の入口でいくら待っても、長男には会えなかった。批判大会の後、長男は姿を消したのだ。

今回の事件は地元を沸き立たせ、また長男にも大きな衝撃を与えた。彼はようやくある現実に気づいた。障がい者の自分には、可愛いお嫁さんをもらう資格なんて元々なかった。他人の目から見れば一目瞭然なこのことに気づくのに、長男はそんなにも長い時間を費やし、そんなにも高い代価を支払ったのだ。それまで長男は村の怠け者や農作業がうまくできない若者のことを馬鹿にしていた。鏡に向かって髪を梳いては、鏡の中の逞しい自分に見惚れていた。特に麦門冬（ジャノヒゲの根。鎮咳、強壮の効果がある生薬である）や山芋を掘る時、手こずっている若者を見て嘲笑した。麦門冬や山芋を掘る穴は深くなければ引き抜く時に傷つけてしまう。漢水扇状地の平原地帯で育った麦門冬と山芋は、ありきたりの山のとは比べものにならないほどの絶品である。長男はいつも傷一つなく掘り出すことができた。

常五姐は村じゅうの家を一軒ずつまわって長男を探した。普段、長男をからかったり、悪ふざけをしたりしていた人たちはみな常五姐を避けていた。

分家してから、長男の嫁取りの話は村人たちの恰好の笑い話の種になっていた。白黒テレビが流行り始め、若い娘たちが美容院でパーマをかけ始めた時代のことだ。映画やテレビのヒロインのヘアスタイルを真似して、街角のパーマ屋さんでパーマをかけることが村の娘たちにとってのお洒落の一つになっていた。長男をからかっていた村の若者たちは、長男の嫁取りのハードルを上げさせるという悪い遊びを考えつき、「絶対パーマをかけた娘を嫁にしろよ」と、長男に入れ知恵した。長男はそれを真に受けた。自分はイケメンで働き者だし、当然、映画やテレビに出てくるような、パーマをかけた娘を嫁にもらえると長男は思っていた。村のある若者が「お前に惚れた娘が丹江口のほうに住んでいる」と嘘をついた。それを信じ込んだ長男は、きれいに洗ったスニーカーを履き、ピカピカに磨いた自転車を漕いで、漢水を遡って十数キロも離れた丹江口市まで彼女を探しに出かけた。もちろん、見つかるわけがない。

パーマ姿の娘を探しに丹江口まで行った長男は、しばらく村の笑い者になった。村人は長男を見かけると、ご飯を食べていようが、庭先でお茶を飲んでいようが、わざわざ長男を引き留めて聞くのだった。

「ちぢれっ毛の娘は見つかったかい？」

「兄貴、パーマ姿の彼女に会えたの？」

「巻き毛の彼女はきれいだろうね」

村人たちの質問に長男は大真面目に答えた。どこまで探したとか、誰に会ったとか、迷子になったとか、途中で自転車のチェーンが切れたことまで報告した。村人たちは腹を抱えて笑い転げた。長男も楽しそうに笑った。村人たちが自分のことをネタにして笑っているのだと、彼は気づいていなかったのだ。

地元の中学校で大勢の前で土下座させられたことで、長男はようやく自分が障がい者であること、だからまともな嫁がもらえないことに気づいた。以前、髪の毛が薄い女と見合いさせられたことがある。あの時、癇癪を起こして相手を追い返したが、その女はすぐに嫁ぎ先が決まった。そうしなければよかったと思った。ほかにも分かったことがある。勤勉で腕が立つこと、イケメンであることは何の役にも立たないのだ。

長男は失踪した。

村じゅう探しても長男が見つからないので、常五姐は数十キロ離れた町の中学校に勤務する夫のところへ駆けつけた。夫はすぐにいくつかの生産隊の隊長たちに頼んで幹線道路沿いの村々を探してもらったが、ついに見つからなかった。

常五姐は毎日、庭先の樹の下や村の入口に立って長男の帰りを待ち続けた。長男の姿を見るまで食事を摂らない覚悟だった。辛くてたまらない時、何日も食事を摂らないのは、常五姐にとって辛さを凌ぐ唯一の方法だった。食べようとしても喉を通らないのだ。

数十年後、武漢で自閉症の孫の世話をしていた時もそうだった。朝、常五姐が近所で朝食を買っていたほんの僅かな隙に、自閉症の孫が行方不明になった。それが、マスコミ、警察、バス会社や児童福祉施設までを巻き込む大騒動となった。自閉症児の父親や叔父は、何日も飲まず食わずで探し回った。責任を感じた常五姐は、孫の姿を見るまで食事を摂ろうとはしなかった。一日中部屋に閉じこもって、自分を責めたり、念仏を唱えたりした。

四日後、ずっと絶食していた常五姐は突然食材を買ってきて、料理を作り始めた。ちょうど料理が出来上がった頃、孫が見つかったという知らせが入った。家に戻ってきた孫は、何ごともなかったかのようにテーブルの上の料理を頬張った。自閉症の孫には街中が大騒ぎしたことも、家族が心配したことも何も理解できていなかった。

孫の合谷のツボを揉んであげる時、常五姐はいつも思うのだった。この子は自分の病気のことを分かっていない。だから幸せだ。かつて、長男もそうだった。自分がイケメンで、力仕事もできると思っていた頃、長男は確かに幸せだった。

数十年過ぎても、常五姐が自分を責める方法は少しも変わらなかった。絶食だ。当時、常五姐が絶食すると、心優しい村人たちが慰めに訪れ、さまざまな可能性を一緒に考えてくれた。

「あのちぢれっ毛の娘を、探しに行ったんじゃないの？」

「家を建てる手伝いを頼まれて、どこかへ出かけたんだろう？」

「漢水から水死人があがった話は聞いてないよな」

「トラックに轢き殺された人の話もないよ」

もし、行方不明になった子どもの帰りを待ちわびた経験がある人なら、息子の帰りを待つ常五姐の気持ちも分かることだろう。常五姐が一番心配したのは長男に障がいがあることだ。

数十年後、武漢で孫が行方不明になった時も同じだった。孫が行方不明の時、常五姐は売店に新聞を買いに行った。同じ頃、次男も別の売店で新聞を買っていた。二人の目的は同じ、行方不明者の欄と死体の引受人の連絡先を尋ねる欄だった。新聞にはたまたま死体確認の掲示があったが、写真がひどく不鮮明だった。常五姐が目を凝らして見ていた時、次男も何度もそこを見つめていた。帰宅した二人は読んだ新聞を同じ場所に置いたが、互いに内心の焦燥を相手に悟らせないよう振る舞っていた。

数十年前のあの時、結局長男はどうなったか？　一週間を過ぎた頃、傷だらけになった長男が戻ってきた。着ていた服はぼろぼろに破れ、靴も泥だらけだった。大事な自転車もなくなっていた。一週間もどこへ行っていたのか？　どこで自転車をなくしたのか？　最後まで謎のままだった。ただ、後になって、三男が自分の通う高校の入口で兄を見かけたと話した。

高校三年生の三男は、大学受験へ向けてラストスパートをかける段階に入っていた。その日、空はどんよりしていて、あたりは薄暗かった。三男が学校の門を出ると、驚いたことに兄の姿が目に入った。

「どうしてここにいるの？」

目の前にいる兄は元気なく俯いて、自転車もなくなっていた。兄がどうやって学校まで来たのか、何しに来たのか、三男には分からなかった。三男は長く学校で寮生活をしていて、何ヶ月も家に帰っていなかったため、当然、家で起きた分家騒ぎのことも知らずにいた。兄が母校の全校生徒の前で土下座したとは、夢にも思っていなかった。

「どうやってここまで来たの？　何か用？」

障がい者の長男がどうやって学校を探し当てたのだろうか？　以前三男に食糧を届けるために数回来たことはあるものの、町の学校への道は入り組んでいて、簡単に分からないはずだ。後に聞いた話によると、どのみち学校は数えるほどしかなかったので、彼は学生鞄を持っている人の後についていった。学校の前で待って、出てくる学生をひとりずつ見ていた。そうして待っていたら、弟が現れたということらしい。

もし、三男がずっと学校から出てこなかったら？　たとえ学校から出てきたとしても、気づかなかったら？　それに、長男はいったいどのくらい学校の入口で待っていたのだろう？　昼は学校の入口に張り付いていたとしても、夜はどこで過ごしていたのか？

言葉をよく喋れない長男はそうしたことをうまく説明できなかったから、結局分らずじまいだった。

家の事情を何も知らない三男は、紙を一枚取り出し、「兄を一人で外でぶらぶらさせないように」と、母親への伝言を書いて兄に手渡した。まもなく授業が始まる時間だったので、三男は急いで教室へ戻った。

その後、長男はまたどこかへ行ってしまった。ほどなく節句の時分になり、家に戻ってきた兄弟たちは、家のごたごたをようやく知った。分家するために穴の開けられた壁の前に立って、皆は悲しい涙を流した。

それから二、三日経って、長男はふらっと帰ってきた。その日の夜、常五姐は村で一番の長老や生産隊隊長、分家した際に立ち合った村の有力者たちに家に来てもらい、分家をやめて元の一家に戻ることを宣言した。壁に開けられた穴は塞がれ、通路を塞いでいた塀も取り除かれ、すべてが元通りになると、豚一頭をつぶして村人に振る舞った。駆けつけてくれた叔父は長男のそばに坐り、二人は和解の盃を交わした。

こうして、長男が引き起こした分家騒動はようやく収まったのだった。

十

孫が自閉症児訓練センターで話せるための訓練を始めてから何年になったのか、常五姐はもう覚えていない。ただ長い年月が記憶の中に沈殿していっただけだ。

孫の一日はおよそ次のようになっている。朝、起きて食事を済ませてからセンターへ行く。午前も午後も授業がある。午後の授業が終わると、バスで漢方医院へ受診に行く。受診のない日はアパートで生活技能の訓練を受ける。

訓練センターでは、先生は子どもたちと向かい合い、手を使って子どもたちの口の形を調整しながら、唇の動き方や顎の動き方を教える。

パーパ（父さん）

マーマ（母さん）

ウォーメーン（私たち）

シュエーシァオ（学校）

……

パーティションで区切られた空間にマンツーマンの体制で先生が生徒と向き合っている。それは言語訓練に必要な方式である。啓慧《チイホイ》という名のこの訓練センターでは六、七十人の生徒に四十五人前後の先生が配置されている。生徒の人数に近い数の先生が配置されているのは、このような訓練センターの特徴である。

パーパだ、ポーポではない。

ポーポでもない。

パーパも違うよ。

パーパだ。

そうそう、いいぞ、もう一度。

ある演説上達書にこう書いてある。もし、あなたが落花生一つまみ、石一つを握って、毎日それらに向かって演説をし、落花生の芽が出たら、石が割れたら、あなたの演説は成功したといえる。そうなると、聴衆は自然とあなたの演説に耳を傾けるようになる、と。話によると、巷で流布しているこの演説上達書によって、多くの演説の名手が生まれたそうだ。

実に馬鹿らしい主張だ！　その演説の名手とやらをこの自閉症児訓練センターに来させたらいい。落花生と石ころに向かうまでもなく、自閉症の子どもたちを相手にさせればいい。大勢の聴衆も必要ない。たったひとりの自閉症の子どもに向き合えばそれで充分なのだ。

訓練センターの先生の多くは、夜になると正気を失ったような突飛な行動に出る。川辺で大声をだして叫んだり、どこかの建築物に向かって怒鳴りつけたりする。もともと、彼らの多くは愛情と情熱を持ち、口のきけない自閉症の子どもを見ると、心を痛めて涙を流すほど心優しい若者たちなのだ。愛情を持って子どもたちの固く閉ざされた心を感化したい、星の子たちの手を引いてこの世界に連れ戻したい、と意気込んでセンターで頑張っている。しかし、彼らの多くは、結局敗北感と悔しさを抱いたままセンターを離れていった。彼らが理解できないのは、普通の子どもにとって基本的な言語技能が、なぜこの子どもたちになると、いくら教えてもできないのか、ということだ。自閉症児訓練センターの先生になってしばらく経つと、彼らに抑うつ症状が現れる。それは不思議なことではない。目の前にいるあんなに幼くて、あんなに可愛らしい子どもたちに希望が見い出せないのだから。

センターでは午前中ずっとあちこちの教室からさまざまな声が聞こえてくる。潰れた声、切羽詰まった声、焦っている声、間延びした声、ヒステリックな声。パパ、ママ、パパ好き、春スバラシイ……言語訓練をやっているうちに昼食の時間になる。

常五姐の孫が通っているこのセンターには、七十人ほどの子どもたちが中国の七、八の省から集まっている。今のところ、こんなに広い中国でも自閉症児向けの国営の養護学校はまだ一校もない。一つの省で一つの学校を作るほど自閉症児の人数が少なければ、学校を作っても、地元の児童が数人しかおらず、大多数はよその地方から来るということになりかねない。そのため、どこの地方政府もそのために予算を使いたがらないのだ。それで各地から集まった自閉症児のいる訓練センターは、小さな養護学校の規模になっている。

しかし、訓練センターは学校とは言えない。教職体制の中に編成されていないうえ、教育管轄機関で学校として登録もできない。常五姐の孫が通っていたこの訓練センターも同じだ。教育機関で承認してもらえないので、商工機関に登録するしかなかった。また、中国では自閉症児の訓練に関係する資格や手当の認定や規定はまだ設けていないため、センターで働く先生たちには仕事に応じる手当が与えられていない。

入所した当初、孫は最年少だったが、年数を重なるうちに最年長になった。クラスの子どもたちは何度も入れ変わった。中国の各地から自閉症の子どもを連れて来た親たちは、子どもをここで訓練させるが、しばらく経って効果が見られないと、子どもを連れて去っていくのだった。

言葉の話せる人は幸せだ。もし、このセンターで一日を過ごしたら、あなたは世の中の人がみな天才に思えるだろう。言葉を話せる人はみな特殊な能力の持ち主で、この上なく幸な人だと思うようになるだろう。

センターで一日を過ごしたあと、次男は自分の異変に気づいた。幻覚を見るようになったのだ。パパ、パーパ、パーパー。このように言葉を区切って発音しているうちに、世界の見方に変化が起こった。長江の畔に坐って空を眺めていると、空を飛ぶ鳥の動きに違和感を覚えた。一羽一羽がばらばらに飛んでいながらも、互いに絡んだり、ぶつかったりしている。しかし、目を凝らして見ると、そこに鳥はいなかった。彼の脳に纏わりついている言葉の数々が鳥となって空を飛んでいたのだ。

パパ、これは、寄り添う二羽の鳥。

パーパ、これは、ちょっと離れている二羽の鳥。

パーパー、これは、遠く離れている二羽の鳥。

コンニチハ、五羽の種類の違う鳥が集まっている。

自閉症の子どもは、その口から数羽の鳥しか飛び出させることができない。彼らの鳥はその胸の奥に潜んでいる。底なしの暗闇の中に引きこもっている。

十一

二〇〇六年の夏、常五姐は自閉症の孫を連れて実家に戻った。ちょうどその頃、次男もあるプロジェクトのために、両親の実家の近くにある襄陽に来ていた。ある晩、次男は自閉症の息子の様子を見ようと車で実家に向かった。着いてみると、息子は指を噛んで泣いていた。次男はそれを目にして悲しく思ったが、どうすることもできず、息子のそばに坐って一緒に泣いた。

急ぎの仕事があったので、次男は実家には泊まらず、夜中に仕事場に戻っていった。実家のある漢水中流の冷集鎮から襄陽市まで行くには、かつては半日以上かかったが、今は高速道路ができたのでだいぶ便利になった。それでも高速を下りてから市街地までの時間を入れると、二、三時間はかかる。次男は翌日の夜も、仕事を終えるとまた実家へと車を走らせた。息子のことが心配でならないのだ。前の晩、襄陽へ戻る車の中で次男は運転しながら泣いていた。翌日の仕事にも集中できず、実家に何度も電話をかけて息子の様子を聞いた。「あの子はもう大丈夫だよ。元に戻ってる」と母親に告げられても、なおも心配でならず、プロジェクトチームの会議が終わると、夜中にまた息子の様子を見に実家に急いだ。

常五姐は怒って、次男を中に入れようとしなかった。

「何しに戻って来たの?」

「息子の様子を見に」

「あの子はもう寝てるから、帰ってちょうだい」

「入れてよ、一目見たら帰るから」

常五姐は玄関を開けなかった。「私じゃ安心できないって言うの?」

「そうじゃないけど……」

「それじゃ、仕事をしながら、子どもの下の世話や言葉の訓練を全部自分ひとりでやれるとでも言うの？」

次男は言葉が出なかった。

常五姐の口調はだんだんきつくなっていった。何年も経つのに、まだうろたえて、夜中にめそめそして帰ってくる次男のことが気に入らないのだ。

「そうやって行ったり来たりして、少しは自分の体のことも考えなさい」と、玄関の内側にいる常五姐は叱るように言った。「夜中に運転して事故でも起こしたらどうするの。お前が働かずに子どもの世話ばかりするんだったら、私は何のために苦労してお前を大学にまで上げたんだろう？　国は何のためにお前に教育を受ける機会を与えてくれた？　考えてみなさいよ」

次男にはやはり答えられなかった。理屈では分っているが、どうしても子どもを一目見たかったのだ。たとえその寝顔だけでも、一目見たら帰るつもりだった。

しかし、常五姐が玄関を開けることはなかった。

いつか高速道路を走っていた時、次男は幻覚を見た。走り続けると、高速道路の先が空と繋がっているように見えて、自分が道路を走っているのではなく、空の上に向かっているように感じた。前方に飛行機が止まっていて、その中に乗り込もうとしていた。実はそれは前を走行しているトラックだった。トラックに突っ込もうとしたその瞬間、次男ははっと我に返った。ハンドルを大きく回して車の向きを変え、なんとか間一髪でトラックを躱《かわ》した。命拾いをした。

車を路肩に止めた時、遅れてやってきた恐怖に囚われ、全身が冷や汗でびっしょり濡れていた。次男は空を見て何度も何度も自分に言い聞かせた。息子のことはもうこれ以上考えるな、もうやめるんだ。

やめるって、何を？　息子が行方不明になっても、探すのをやめるのか？　行方不明ではなかったようなふりをするのか？　それとも、そもそも息子が生まれなかったことにする？　漢方医の治療を受けても効果がないからと言って諦める？　そもそも漢方医もいなければ、漢方医に診てもらったこともなかったと思えばいい？　訓練センターに通っても言葉を喋れないだから、センターもやめさせる？　そうすれば金銭的にも気持ちの上でも楽になれるだろう。元々訓練センターなんて存在しなかったと思えばいいのか？　いっそのこと、この世に自閉症なんて病気がなかったということにすればいいのか？

諦めるか？　諦めずに粘るのか？

次男はこの両者の間で長年迷ってきた。だが結局、軍配はいつも後者のほうに上がった。

次男の息子は十歳の時と十二歳の時の二度、行方不明になった。二度目の時、次男はちょうど喫茶店で原稿を書いていた。「落ち着け、この原稿を書き終わってから対応しよう」と、彼は自分に言い聞かせた。その時、ふと窓の外を見ると、地面に舞い落ちるプラタナスの枯れ葉が目に止まった。もう少しで地面に落ちていくその枯れ葉が自分の息子のような気がして、じっとしていられなくなり、手はすでに携帯電話に伸びていた。新聞社二社とテレビ局、それから弟に電話をした後、110番に通報した。

都会で一度行方不明になった子どもを見つけた経験がある親には分かるだろうが、騒がしく見えるこの世界の裏には形の見えないものがたくさんある。その中の一つは、システムと呼ばれ、都市の公共ネットワークである。そのネットワークの利用方法を知っておくと、やみくもに走りまわることは避けられる。

次男は冷静に席を立ち、喫茶店を出て駐車場へ向かった。

息子は無事に戻った。しかし、知らせを受けた時の自分の冷静さが次男を自責の念に陥らせた。なぜ、あんなに落ち着いていられたのか？　子どもを見捨てる気だったのか？　深夜に何度も何度も自問すると、自分に腹が立ってきて、慚愧の念に堪えられなくなる。もっと我を忘れて命がけであちこち探し回るべきではなかったのか？　なぜって、行方不明になっていたのは自分の息子ではないか、自閉症という障がいを持つ自分の息子なのだから。

十二

二〇〇六年の夏、あの夜に扉一枚を隔て交わした言葉は、常五姐にも次男にも忘れられないものとなった。

玄関の内側にいる常五姐が、玄関の外に立っている次男と話していると、寝室のベッドから降りて居間へ行こうとする夫の足音が聞こえてきた。寝室は十平米足らずだが、足の悪い常五姐の夫が寝室のドアまで来るのにしばらく時間がかかる。歩いているのではなく、足を引きずっているからだ。常五姐の夫は八十歳の時、足の裏に魚の目ができた。その耐えがたい痛みが不自由な足を引きずって歩く夫をさらに苦しめた。

玄関を挟んで母子は対峙したままだった。三つの狭い寝室と繋がっている居間にだけ明かりがついていた。この家で常五姐は三人の障がい者と暮らしている。長男は一番奥の部屋で寝ていた。その頃、町の中学校の飼育係として働き、食堂から出る残飯を餌にして数十頭の豚を飼育していた。そのため、毎年の春節になると、先生たちに豚肉が配られるようになった。ほかの二人の障がい者、つまり足の不自由な夫と自閉症の孫は、常五姐と一緒に真ん中の部屋を寝室として使っていた。残った一つの部屋は、たまに帰ってくる他の子どもたちのために空けてあった。

足を引きずってなんとか寝室のドアまで来た夫は、何が起こったのか気になって、ドアを開けて居間のほうを覗いた。次男が病気の息子のことを心配してまた夜中に戻ってきたのか。夫も常五姐と同じように、そんな夜中に次男が奔走する必要はないと思いながらも、夜中にわざわざ帰って来たんだから、部屋に入れてあげてもいいのではないかとも思った。次男に子どもの顔を見せて安心させ、一晩休ませてから、明朝に帰せばいいではと夫は妻を説得したが、常五姐は頑として聞き入れなかった。

「子どもの世話をするために戻ってきたというの？　お前はそんなことやらなくていい。それはお前の役目じゃないから」と、常五姐は言った。

朝、起きてから寝るまで、やることなすこと教えてやらなければならない。服を着ること、洗面や歯磨き、食事やトイレなど身の回りのことから言葉の訓練まで、何から何まですべて、繰り返して練習させる必要がある。そんなことは、次男には無理だと常五姐には分かっていた。

かつて、障がい者の夫に何をやらせるべきか、何をやらせるべきでないかを見極めた時も同じだった。「人間にはそれぞれの役目があるの。神様がちゃんと決めてくださっているんだ」というのは、常五姐の考えだった。

八人家族だった頃、常五姐は六人の子どもたちと一緒に農村に住み、夫ひとりだけを町の中学校に住ませて教師の仕事を続けさせた。それは二十数年変わることはなかった。ちょっとしたことでは夫を家に戻らせなかったし、畑仕事には一切手を出させなかった。理由は単純だ。夫が障がい者だからだ。そして、なにより夫は教師であり、畑仕事をする人間ではないからだ。田植えや刈り入れの農繁期になると、足の不自由な夫が自転車を漕いで手伝いに戻ってきても、常五姐は手伝わせなかった。やらせたのは、せいぜい食事やお茶の用意ぐらいだった。冷ましたお茶を大きな洗面器に入れて、玄関先の楡の木の下に置き、子どもたちや通行人たちにお茶を出すぐらいだった。

「あなたの仕事は、いい先生になることよ」と常五姐は夫に言った。

夫も言われたとおりにした。

障がい者の田舎教師にできることはたかが知れている、と思う人もいるだろうが、常五姐の夫はしっかりした実績を残した。漢水中流の河西あたりでは伝説の人と言われるほどの人物になっていた。文革期から文革終了後までの長い間、小学校の校長だった夫は、周辺のすべての小学校を管理する立場にあった。教える相手は小学生だけではなく、民営学校[20]の教員の育成にも才能を発揮した。そのほかに、複式学級教育法を創り出したことや心理学の視点から農村教育を論じる文章が国の教育誌に掲載されたこともあった。

今、二人の三番目の子、次男が玄関の外に立たされている。夫はずっと黙っていたが、常五姐は次男を中に入れないと頑なになっている。

常五姐は四男二女、六人の子どもを生んだが、六番目の子が生まれたのは偶然だった。当時、国では計画出産の政策が進められていたので、常五姐は村の診療所で避妊手術を受けた。それにも関わらず妊娠したのだ。要するに避妊手術が失敗したからだ。ただ、上の子たちとあまりにも歳が離れていたので、常五姐は長い間子どもは五人だと思っていた。五人の子どもは五本の指だ。その中で常五姐が最も期待を寄せたのは三本目の中指、つまり次男である。中指は一番長いから一番立派になれるとは限らない。常五姐を最も失望させ、苦しめたのもこの中指なのだ。

昔、常五姐は障がい者の夫に嫁ぎ、自分の運命を賭けた。しかし、結婚して間もなく文化大革命が始まった。文革の十二年間、夫はずっと不遇だった。夫への賭けが外れた常五姐は、今度は子どもたちに賭けることにした。長男は障がい者であり、二番目の子は女の子だったので、常五姐は、三番目の男の子（次男）と四番目の男の子（三男）に期待の的を絞った。都合のよいことに、次男は頭が良く勉強もできた。それで一家の希望を次男に託すことにしたのだ。

次男は小学生の時から暗算が得意だった。村の人たちは、町の市場に野菜などを売りに行く時、いつも彼を連れていった。当時は電卓などはなく、「史氏速算」という暗算方法が流行っていた。それを勉強して身につけた彼の暗算は速くて正確だった。当時、村役場には算盤ができる会計係がいた。その会計係と計算の競争をしても、次男は負けなかった。つまり、暗算が算盤に勝ったのだ。市場で野菜などを売る時、売主が目方を言うと、彼はすぐに金額を言いあてた。売主たちは信じられなくて、時間をかけて筆算して確かめたが、結局、いつも合っていた。それで皆がすっかり感心し、ご褒美としてよく焼き餅を彼にごちそうした。

村の小学校から町の中学校まで、賞状をもらえた人は二人だけだった。それは常五姐の中指と薬指、つまり次男と三男だ。ともに算数、作文、朗読などの賞や優秀学生賞に輝いた。

当時、寧鉑《ニンボウ》という少年が全国で話題になっていた。現職の国務副大臣だった方毅と囲碁で対戦して勝ったので、天才少年だと副大臣に称賛された。その後、飛び級して少年科学技術大学に進学した寧鉑はその名を国中に轟かせた。我が家の次男もあの天才少年のようになれるかも、と期待した常五姐は次男に飛び級させようと考えた。夏休みが始まると、次男に一つ上の学年の勉強をさせ、新学期に入ると、その学年の授業を受けさせた。次男は一週間ほど上の学年の授業を受けたものの、ついていけず、元の学年に戻った。また、いつか次男は、数学の定義を発見したと思い込んで、書いたものをさっそく中学校で働いている父親に送った。父親は驚いて数学教師の同僚の数人に検討してもらった。小学生の計算を速くするためには多少の役には立つが、数字をアルファベット表記で代用する中学生の数学にはあまり価値がない、というのが先生たちの出した結論だった。それでも、村では次男は天才少年だともてはやされていた。

しかし、天才少年だった次男が、波乱続きで挫折ばかりの人生を送ることになるとは、誰にも予想できなかった。大学受験もうまくいかず、やっとのことで田舎から脱出して都会へ出たと思ったら結婚に失敗し、おまけに自閉症の子どもを抱えることになったのだ。

十三

あの真夏の夜、実家の玄関の外に立っていた次男は、突然あることに気づいた。今、この扉の向こうにいるのは、自分の母親を除けば三人とも障がい者なのだ。それに気づいて次男は一瞬茫然とした。そして、母親の一生が障がい者と深く結びついているということを悟った。

足を引きずって居間の近くまで来た夫の体に、微かに残っていた酒の匂いが常五姐をさらにイライラさせた。長い間、常五姐は、夫の色々なことを改めさせてきたが、飲酒だけはどうしようもなかった。八十歳になっても夫は毎日茶碗三杯の酒を飲んでいた。八十六歳の今は二杯になったが、やはり毎日飲んでいる。常五姐は、夫の酒の飲み方は品格がないと言う。立派な校長をしている人が、相手が生産隊長であろうが、民営学校の教員であろうが、村役場の会計係であろうが、酒に誘われれば誰の家にでも出かけていくのだ。めでたい席だろうが、葬式だろうがお構いなしだ。それに、飲むとすぐに、泥のように酔い潰れてしまう。だから品がないと言う。

常五姐は酔った夫に散々怒って、恥知らず、甲斐性なしと責め立てるが、酔いが覚めていない夫は、いつも適当に相槌を打って聞き流すだけだった。こうして数十年、さまざまな言い方で夫を叱り続けてきた常五姐だが、それでも夫の酒好きだけは変えられなかった。夫は、普段なんでもない日には学校近くの村で生徒の父兄たちと飲み、家に帰ると村の人たちと飲む。文革期に批判されていた時、辛い目にあっては鬱さを晴らすために飲んでいた。

一九七四年の冬のある日、沈湾郷で夫をつるし上げるための批判大会が開かれた。その日、夫を護送した炊事係と夫の二人は、朝ご飯を食べずに早朝から数時間も歩いて会場に着いた。「批判を受ける前に焼き飯と酒一杯がほしい」と夫は言った。凍てつくような寒さだったので、幹部たちはその要求を聞き入れてくれた。批判大会終了後、夫は各小学校へ引き回された。

またある時、劉家洲での批判大会が終わった後のことだが、夫はその村に住む親戚の家の前に来て、日差しの強い玄関先に立ち、中に住んでいる従姉夫婦に向かって声を張り上げて言った。「俺は批判される身だけど、迷惑じゃなければ水一杯飲ませてくれんか？　暑くて干からびそうだ」

夫の声を聞いて、夫婦はすぐ出てきた。「このご時世だから、批判されたって何でもないよ」と言って夫を迎え入れた。そこで夫は水だけではなく、酒も飲ませてもらった。そしてまた酔った。

夫は酒が弱いわけではないが、自制心が弱いので、勧められるままに酩酊するまで飲んでしまうのだ。酔いつぶれてベッドで寝かされたり、酔っぱらったまま自転車に乗ったりして雪の上に倒れ込むこともあった。

一九九二年に起きたことは、常五姐をすっかり絶望させた。

その年、障がいのある夫は定年退職を控えて役職から退くことになった。後任は元部下で、いつも夫を困らせていた男だった。その男は、自分の立場を強くしようとして、性格が温厚で、人望の篤い夫を貶めることに躍起になっていた。幹部会議を夫にだけ知らせなかったり、会議に出たら出たで、夫を名指して不満を言ったりした。また、夫の部屋にだけ電気メーターを付けて電気料金を徴収したり、夫の家にだけニワトリを飼ってはいけないと、文句を言ってきたりした。後で考えればいずれも些細なことだが、とにかくあの手この手で厭がらせを繰り返した。

当時、武漢の大学に寄宿していた次男は、常五姐の手紙を読んで家の状況を知った。次男には県の幹部の秘書をしている中学時代の同級生がいたので、その人に手紙を出して助けてもらおうと考えた。当時、個人の家には固定電話がなく、公衆電話では長話ができないから、次男と直接相談しようと思った常五姐は武漢まで出かけた。しかし、常五姐が留守にしていた間に大変なことが起きた。

夫の後任の男は普段威張り散らしているが、常五姐の前では大人しくしていた。常五姐を怒らせたら、大勢の前で怒鳴られて面目丸潰れになることが分っていたからだ。それで、彼は常五姐の留守を狙って、夫を別の村の小学校に追いやった。生徒たちを動員して、強制的に夫に引っ越しをさせ、家財道具を小学校の廊下に積み上げると引き上げていった。

武漢から戻った常五姐には寝耳に水だった。小学校に駆けつけると、目の前の光景を見てあきれかえった。家財道具が乱雑に小学校の廊下に積み上げられたままなのに、夫は小学校の教師たちと一緒に酒を飲んでいたのだ。常五姐はその場で泣き崩れた。

「こんなたいへんな時に、よく酒なんか飲めるわね！」

「そんなんだから人に舐められるのよ。住む家まで取り上げられたというのに、この意気地なし！」

常五姐の怒りはなかなか収まらず、離婚騒ぎまでになった。こんな意気地のない人にもう愛想が尽きたと言うのだ。その後二人は長い間ゴタゴタしていたが、最後には学校の関係者が仲裁に入って、夫も何度も謝ったので、常五姐はようやく矛を収めたのだった。

十四

常五姐は、かつての天才少年を玄関の外に立たせ、頑として中へ入れようとしなかった。長年、この親子は互いに相容れない相手となっていた。

子どもが母親を苦しめようと思うなら、一番効果的なやり方は、失敗をするか悪行をやることだ。その一撃で母親は心を撃ち砕かれ、致命傷を負い、苦しむ毎日を送ることになる。なぜなら、子どもは母親の指だから、指が傷付けば痛まないはずはない。

常五姐は、障がいのある長男に学校をやめさせて働かせた。長男を犠牲にしたと言ってもいい。そして、長女にも早々と仕事に就かせて独立させた。なぜそうしたのか？　次男と三男を成功させるためだった。当時、大学へ進学することは人々の夢だった。田舎では一人でも大学合格者が出れば、村を挙げてお祝いをした。それほど名誉なことだった。

「我が家から必ず二人大学生を出す、そのためだったら他のことはすべて犠牲にしてもかまわない」、これが常五姐夫婦の目標だった。その目標を達成するため、次男、三男はまだ小学生の時からどんなに忙しくても、農作業を手伝わなくてもいいことになっていた。たとえ夏休みで授業がなくてもだ。二人にはそれだけの資格があると見なされていた。でも、もし、いい成績が取れなければ毎日働いても怒られるのだ。

次男がいよいよ高三に上がろうとしていた頃、家からついに初の大学生が出るという期待が高まっていたちょうどその時、次男は大変なことをやらかしてしまった。

一九八六年の秋、漢水中流地域が麦門冬の収穫期を迎えたばかりのある日、次男は荷物を背負って町の高校から実家に戻ってきた。クラスメートの女子にラブレターを書いたことが学校から追い出された理由だった。ラブレターが担任の先生に発見され、クラスの全生徒の前で読み上げられた。他の生徒を戒めるために学校側は厳重に処罰しようと考えていたので、次男は危うく退学処分になるところだった。幸い後にそれが一年間の休学処分に改められた。

常五姐は怒り狂った。それまで、気性の激しい常五姐はさまざまなことで人と言い争ったり、怒りを爆発させたりしてきた。しかし、今回次男がやらかしたことに比べれば、いずれも取るに足りないほど些細なことだ。一九七四年、障がいのある夫が群衆の前で吊し上げられた時、常五姐は怒った。一九六六年、夫が北京の主席に楯突いたとの罪で、「反革命の現行犯」として批判された時にも怒りに震えた。一九六五年、長男が村の裸足の医者の注射のせいで聴力を失った時もはらわたが煮え繰り返る思いをした。しかし、今回のことはそれらの比ではない。天才少年の次男が、暗算の名手が、何度も表彰を受けてきた一家の希望の星が、恋に目覚めただと？　処罰を受けて休学させられただと？　常五姐は怒りの余り、息子にどう対処すればいいのか分からなくなった。麦門冬の収穫が終わると、常五姐はまだ幼い末娘を連れて家を出た。

人々がそれに気づいたのはだいぶ日が経ってからのことだった。というのも、常五姐がなんの兆候も見せなかったからだ。その日、彼女はいつもの通り、豚に餌をやり、庭の落ち葉を片付け、夫の洗濯物の入った籠を提げて川辺で洗濯をした。それから、末娘を連れて出ていった。一日経ち、二日経ち、三日が経った。週末、勤務する学校から夫が帰り、ようやく一家は常五姐の家出に気づいた。

かつて、常五姐の家の斜向かいの家に家出した女がいたそうだ。少波《ショーボ》という男の子の母親だった。口が達者な母親と違って、子どもの父親は口下手で寡黙な男だった。甲斐性なしといつも夫を罵っていた少波の母親は、軍需工場近くの工事現場の賄いとして雇われていたが、現場の親方と深い仲になり、末娘を連れて駆け落ちした。

常五姐も末娘を連れて出ていったのだ。もう帰って来ないつもりじゃないのか？　家族は皆そう思ったが、口に出して言えなかった。一九八六年の秋に起きた母親の家出は、母親が最も期待をかけていた三番目の指、つまり次男を一夜にして大人に成長させた。自分を叱ったり叩いたりする人がそばにいてくれたらと思っても、家族はみな口を閉ざし、いままで叱ってくれた母親はもう去っていったのだ。

土間三部屋の家の中にこもる一家は、薄暗い灯りの下で沈黙の夜を幾晩も過ごした。沈黙のなかで次男はどうすればいいのか分からなくなった。また、沈黙のなかで次男は、人間にとって一番単純なこと——子どもの失敗は、親を最も苦しめることだ、と悟った。障がい者が二人もいるこの家ではなおさらのことだ。だが、時計は巻き戻せない。

十五

老夫婦は部屋の中で黙って坐っていた。たまに脈絡のない一言二言を交わすか、それとも黙ったままか、最近の二人はずっとそうだった。次男は玄関を開けて自閉症の息子の様子を見たいと頼んでいるが、常五姐は頑として応じない。

「開けて！」

「開けない」

「一目見たら帰るよ」

「だめ！　お前の息子はもう治らないよ」

「何だって？　いったい何を言ってるの？」

常五姐の夫は妻を止めようとした。常五姐の言葉はストレートすぎるのだ。それでいつも人を傷つけてしまう。

常五姐は言った。「あの子は、もう治らないよ。一生このまま」、そしてこう付け加えた。

「無駄なことはもう止めなさい」

玄関の外にいる次男は固まってしまった。

「もし、まだ、どこかにお前の言う神医とやらがいて、あの子の病気を治してくれるとお前が信じて、あちこち見境いなく探しまわってるなら、それはお前が自分を誤魔化しているだけよ」、常五姐はそう言うと溜息をついた。玄関の外から啜り泣く声が聞こえた。

「あの子は本当に幸せ者だよ」、常五姐は言った。

それは常五姐の口癖である。壁をくり抜いた小さな仏壇に線香を上げた後、「あの子は幸せだ」と、常五姐はいつも独り言のように言っていた。

玄関の内も外も沈黙したままだった。常五姐の夫はお湯を持って来た。

足の悪い夫はお湯を一口飲んでから言った。「とりあえず中に入れてやろうよ。ひと目見たら帰るって言ってるんだから。子どもの病気がよくなるかどうかは先の話だ」

常五姐はおざなりを言って丸く収めようとする夫の態度が不満で、怒りの矛先を夫に向けた。文句を言われた夫は湯呑み茶碗を持ってすごすごと寝室に戻っていった。

戻った夫はすぐに布団には入らず、ベッドに腰掛けて蒲団から出ている孫の手をそっと取り、合谷のツボを揉み始めた。足の悪い夫は、毎晩孫に添い寝しながら孫の手をもんでいる。昼間でも夜でも、時間さえあればいつも孫の合谷のツボを揉んでやった。孫の手を揉みながら、夫は、妻のさっきの言葉を思い出した。もう治らないんなら、俺は何のためにこの子の手を揉んでいるんだろう？

「お前の息子は、もう治らないんだよ」、常五姐は声を張り上げた。

「近いうちに武当山にいる道教の真武大師を訪ねようと思っている」、外から次男の声が聞こえてくる。

「やめたほうがいい」

「どうして？　絶対行くよ。今回は最後だ」

「最後？　何回目の最後？」

何回目なのか次男自身にも思い出せない。いつもこれが最後だと思うのだが、いつも最後にはならなかった。

「じゃあ、頼みを一つ聞いてもらえる？」、常五姐は言った。

「頼みって、何？」

「父さんの足のことさ。誰かに頼んで治してもらってよ」

「父さんの足、悪くなってからもう何十年も経つじゃないか？　いまさら？」

「何十年も経つから治せないと言うの？」

次男は黙ってしまった。

「昔は貧乏で治療費が出せなかったけど、今はお前たちも自立したし、わたしら二人は年金をもらってるから、暮らしにも少しは余裕ができた。だから父さんの足を治してあげようと思うの」、常五姐はわざと言っているのだ。

「父さんの足はもう治らないよ」、次男は言った。

「協力しなさいよ。少しは親孝行してもらわないと」、常五姐はわざと大きな声で言った。

自分の足の話をしているのが聞こえて、夫は再び足を引きずって寝室から居間にきた。足が悪くなってから、もう七十年にもなる。八十過ぎまで生きてこられたことは本当に奇跡だ。

七十年前の日中戦争の頃、まだほんの子どもだった夫は、日本兵の追撃から逃げるため木に登り、その木から落ちて足を怪我した。怪我の程度は笑い話のようだが、今で言うただの脱臼だった。しかし、当時、南川村には医者がおらず、治療するには廟灘鎮《ミョータンチェン》という町まで行かなければならなかった。「南川の上り下り、険しい渦が十と八」と諺にもあるように、当時、川の流れは恐ろしく激しかった。一九七〇年代に丹江口ダムができるまで漢水や南川が氾濫すると、千波万波の怒涛が天まで届くと言われたものだった。もし、子どもだった常五姐の夫が廟灘鎮に行こうとすれば、引きずった足で何回か船を乗り換えなければならず、それは無理な相談だった。

南川村では足の脱臼を治す医者は見つからず、結局、夫は流しの床屋に治してもらった。床屋に脱臼が治せたのか？　その床屋は普通の農民ではなく、あちこち行商にまわって知っていることも多いからという触れ込みだったが、治療すればするほど、足は悪くなり、ついには足を引きずって歩くようになってしまった。

日本兵の追撃は激しさを増し、結局常五姐の夫は、不自由な足を引きずって南川村のある寺に身を潜めた。ちょうどその寺には、劉慶恩《リュウ・チンエン》という老教師も逃げてきていた。子どもだった夫はそれから一年半の間、劉先生について昼間は習字や算盤、夜は古典古文の講義を受けた。老教師は言った。「障がいをもっているお前は体力では人に負ける。生きていくためには、手に職を付けなければならない。寺で覚えた読み書き、古文の講釈や算盤、いずれもお前の生きる術になるだろう」。

常五姐の夫は、もし足の障がいがなかったら、普通の農民のままで一生を送っていたかもしれない。足に障がいのため農民になれなかった夫は、一九四九年に中華人民共和国が建国されてから、南川地方で設立された速成師範学校の学生第一号となった。当時、文盲一掃キャンペーンが国を挙げて繰り広げられていて、読み書きを教える人材が必要とされていた。夫はあの寺の一年半で身に付けた実力を発揮して、みごと促成師範学校に合格し、卒業後漢水上流にある丹江口市近くの冷集鎮沈湾郷の小学校に配属されて教師になった。それからそこで数十年を過ごし、常五姐と出会い、六人の子どもの父親となった。不自由な足は、常五姐の夫の一生に多大な影響を与えた。その足のせいで文革時代には他の人よりもつらい目にあった。でも、その足のおかげで教員になり、美人の妻と結婚でき、健常者と同じように家庭をもち、しかも公務員にもなれたのだ。なぜか？　あの時代の田舎町では民営学校の教員は多かったが、常五姐の夫のような公立学校の正式な教員は珍しかった。そのため、彼は若くして地元の教育界の幹部のひとりになった。しかし、幹部になったことで、文革期に批判大会でつるし上げられることにもなった。

数十年という長い間、足は不自由だったが、仕事には支障はなかった。彼は、五十年代の中国で一番早く自転車を使う人のひとりだった。左足に障がいがあるので、右足で自転車を乗り降りした。右足だけで漕いでいたから、他の人と比べればスピードは出せないが、妻を乗せて田舎道を何キロも走ることができた。

長年、本人がいないところで村人たちは、常五姐の夫のことを「びっこ」と呼んでいた。しかし、足は治療しなくても、雨や曇りの日が続くと、少し疼《うず》くくらいだったので、常五姐も夫に治療を受けさせることはしなかった。

常五姐にとって、それよりも夫に治してもらいたかったのは、意気地がないところだった。意気地なしで臆病。常五姐がどんなに夫を怒鳴り散らしても、夫のこの病を治すことはできなかった。

玄関の外にいた次男には母の言わんとする意味が分かっていた。怪我をしてから七十年も過ぎた父親の足は、もうよくなる見込みはない、治療する必要はないのだ。それに、治療しなくても一家は普通に暮らしてきたではないか。

でも自閉症のあの子はどうなのか？　一生このまま人に面倒を見てもらうのか？「僕は息子を一生ずっと面倒みなきゃならないの？」

「いやなの？」

「いや、そういう意味じゃなくて……」

そういう意味じゃないなら、どういう意味なのか、言いかけて、次男は玄関の外に立ったまま想像してみた。十年後、息子は二十代、二十年後は三十代、三十年後には四十代、もう子どもではなくなり、青年を通り越して中年になる。中年になっても相変わらず言葉も話せず、自分の下の世話さえできず、身の回りのことを人に頼るしかなく、人の世話にならなければ生きていけないような状況だったら、いったいどうすればいいのだろう？　その頃には息子の祖父母はもうこの世にはいないだろう。合谷のツボを揉んでくれる人はいないのだ。

先のことを想像すると、背筋が凍ってしまう。次男がなぜこんなにも必死になって、息子の病気の治療法を見つけようとしているのか、根本的な原因はそこにあった。

「なんであの子の一生をお前が養いつづけると言えるの？」、常五姐は聞いた。

「だって、今までそうやってきたじゃないか？」、外に立っている次男は、各種の費用を並べ始めた。「医療費、生活費、訓練費用……」

「それ、全部お前ひとりで稼いだお金だと思ってるのかい？」

「もちろんだ。すべて俺が汗水流して正々堂々と稼いだ金だ」

「お前を大学まで行かせたけど、無駄だったね」

次男には母親が何を言っているのか分からなかった。

常五姐は言った。「なんで、あの子の一生はお前が養いつづけていると言いきれる？　なんで、あの子がお前の一生を支えているのだと思わないの？　結局、お前はあの子を一生養うことから逃げたいだけなんでしょ」

次男はようやく、母親の言わんとすることが理解できたような気がした。さすがに毎日経文を読み、毎朝仏像の前でお祈りをしているだけのことはある。でも、次男はやはり母親に言いたかった。もちろん、子どもの面倒を最後まで見る覚悟はできている。けれど、このままずっと話せない息子と一緒にいるより、息子がいつか話せるようになったほうが断然いいではないか。

自分は逃げている、自分を誤魔化している、と次男自身も分かっていたが、心に迷いがあった。息子の病気が治らないという現実を受け入れ、自分の人生を楽しむのはいけないことなのだろうか？　それとも諦めずに最後まで悲しみ、自分も苦労の一生を送るべきなのか？　息子に申し訳ないという気持ちを抱いてずっと生きていくのが、父親としてのあるべき姿なのだろうか？

常五姐たちは、その時田舎町の小学校の敷地内にある平屋に住んでいた。外には小さな花壇があった。花壇の向こうはグラウンドになっていて、その周りを囲む塀の外には蓮池と水田が広がり、さらにその向こうには漢水が流れている。神々しく照らす月明かりの下で蛙の声が潮騒のように響いていた。次男は随分長いこと玄関の外に立っていたが、結局中に入れてもらえなかった。そこでグラウンドまで歩いて夜空を見上げた。三時間も車を運転して襄陽から駆けつけたのに、息子に会わないまま帰るのは、どうしても納得いかなかった。部屋の中には口のきけない息子がいる。その息子は次男の心の病になっていた。部屋の中では、母親もまたふがいない次男のことで心を痛めていたのだ。

十六

さきほどまで、眠っていた自閉症の孫が不意に起き上がった。居間にいる常五姐も、玄関の外に立って、中の気配を感じとった次男も緊張した。常五姐の夫が孫の手を揉もうとしても、祖父を振り払っていきなり起き上がり、指を噛むわけでもなく、ただぼんやりしていた。夢でも見たのだろうか？　それとも父親が来ている気配を感じたのか？

あの子は夢を見るだろうか？　そもそも自閉症の子どもたちに夢はあるのだろうか？　人々

に星の子だと言われる彼らも夢を見るのであれば、彼らの夢に出てくるのは異星の世界のことだろう。あの子が父親が来ていることを予感しただろうか？　父親が近くにいると感知できることは、言葉を話せることにプラスに働くのだろうか？

孫はただ、急に尿意を感じてベッドから降り、トイレに行こうとしただけだった。ベッドを降り、スリッパをひっかけ、トイレに駆け込んだ。彼にはまだドアを閉める習慣はなく、激しい放尿の音がトイレから聞こえた。ベッドを降り、リビングを横ぎってトイレに駆け込む、この一連の動作をあっという間に終わらせたその素早さと言ったら、彼の祖父の十倍以上のスピードだろう。トイレを出た後も速かった。素早く部屋に戻って布団に潜ると、すぐに眠りに落ちた。部屋の中には静けさが戻った。

長男の部屋はずっと静かだった。彼はほとんど夜中に目醒めることがない。

この家に住む四人のなかで常五姐を除いた三人が障がい者である。三人の内、一人は自由に歩ける、一人は耳が聞こえる。そして食事やトイレもほぼ問題ないから、協力すれば、買い物や料理などの基本的な日常生活を維持することはできていた。

常五姐の夫は今年、八十六歳になったが、まだまだ元気なので先が長い。五十代に入った長男は、年間数十頭の豚の飼育を任されている。そのほかに学校食堂の清掃も引き受けている。自閉症の孫はもう十代に入っていた。

あれはいつのことだっただろうか、常五姐はふと、あることに気がついた。子どもが大勢いるのに、なぜ、正月に自分と一緒にいるのは、障がいのある者だけなのか？　常五姐の二番目の子ども（長女）は女の子で、襄陽市で働いている。正月にはいつも夫の家で過ごしていた。三が日を過ぎた頃、年始の挨拶のために実家に戻り、一晩泊まっていくこともある。三番目の子である次男は再婚先で生まれた娘と共に他の都市で暮らしている。四番目の子（三男）は、アメリカにいるから帰って来られない。五番目の子（四男）は都会で就職し、仕事が忙しくて帰省できない。六番目の子（次女）は、長女と同じく襄陽市に住んでいる。彼女の状況も姉と似ている。夫の家で春節を過ごしたあと、年始の挨拶に顔を出すぐらいだ。

常五姐はつくづく思う。一生かけて子どもたちを育ててきたけれど、結局、正月に自分と一緒にいてくれるのは、足の不自由な夫と障がいのある長男、それと自閉症の孫だけなのだ。ある日、隣人は、「出世した息子はみんな帰ってこないねえ。馬鹿な息子だけが本当の息子というわけだ」と冗談混じりに言った。それを聞いて常五姐はちょっと感傷的になったが、すぐに気を取り直した。それが数十年間鍛えられた彼女の性格だった。当初、子どもたちを必死に勉強させたのは、戻ってこさせないためではないか。

一番遠く離れたハーバード大学の教師になった三男は、指導教授と一緒に癌治療の研究に取り組んでいる。異国での生活をわびしく思い、故郷に帰りたいという気持ちになった時、彼は一度だけ帰国して、幾つかの国内の有名大学に連絡を取ってみたことがある。いずれの大学も来てほしいと言ってきたが、しかし、分子生物分野において、中国の有名大学とは言え、ハーバード大学には及ばなかった。それで、彼は帰国に踏み切れないでいた。迷っている三男に常五姐は言った。「今のところよりレベルの低いところに帰ってきてもどうしようもないじゃないの？ 帰ってきて隠居生活でも送るつもりなのかい？」

後に常五姐が重い病になって寝込んでいた時、子どもたちは交代で看病に駆けつけたが、アメリカにいる三男は帰ってこられなかった。彼からの電話があった時、常五姐はすでに電話に出られる状態ではなかった。家族が電話の内容を常五姐に伝えると、彼女は僅かに頷いた。

大病をした常五姐は、なんとか持ちこたえたものの一気に老けた。すっかり白髪頭になり、腰も曲がって表情も鈍くなった。とくに記憶力が弱くなり、単純なことも思い出せないようになった。母親が認知症になることを心配した長女と次女は、頻繁に会いにきて記憶を取り戻すためにいろいろと話かけることにした。

「長男の名前、覚えている？」

「長女の名前は？」

「次男は？」

「私は何番目？　名前は何？」

この本来なんでもないことが、繰り返し教えてあげないと常五姐には分からなくなっていた。だが、一つ教えれば、一つ思い出した。そんな母親を見て、家族は突然あることに気が付いた。自閉症の子どもにもこうして教えてやればいいのではないか。母親はこの世界のことを忘れつつあるが、話しかけることによって、忘れかけていたことを少しずつ取り戻しているではないか。もし、母親が子どもの名前を忘れてしまったら、その子は母親の世界から消えてしまうのだ。自閉症の孫の世界には祖母がいる。祖母のことを覚えているから、いつも「バーチャン、バーチャン」と呼んでいる。

後にアメリカで仕事をしている三男は母親に会いに帰ってきたが、常五姐は三男のことを思い出すことができなくなっていた。常五姐の世界から三男は消えてしまったのだ。年老いて変わり果てた母親を見て、三男は号泣した。

第三章

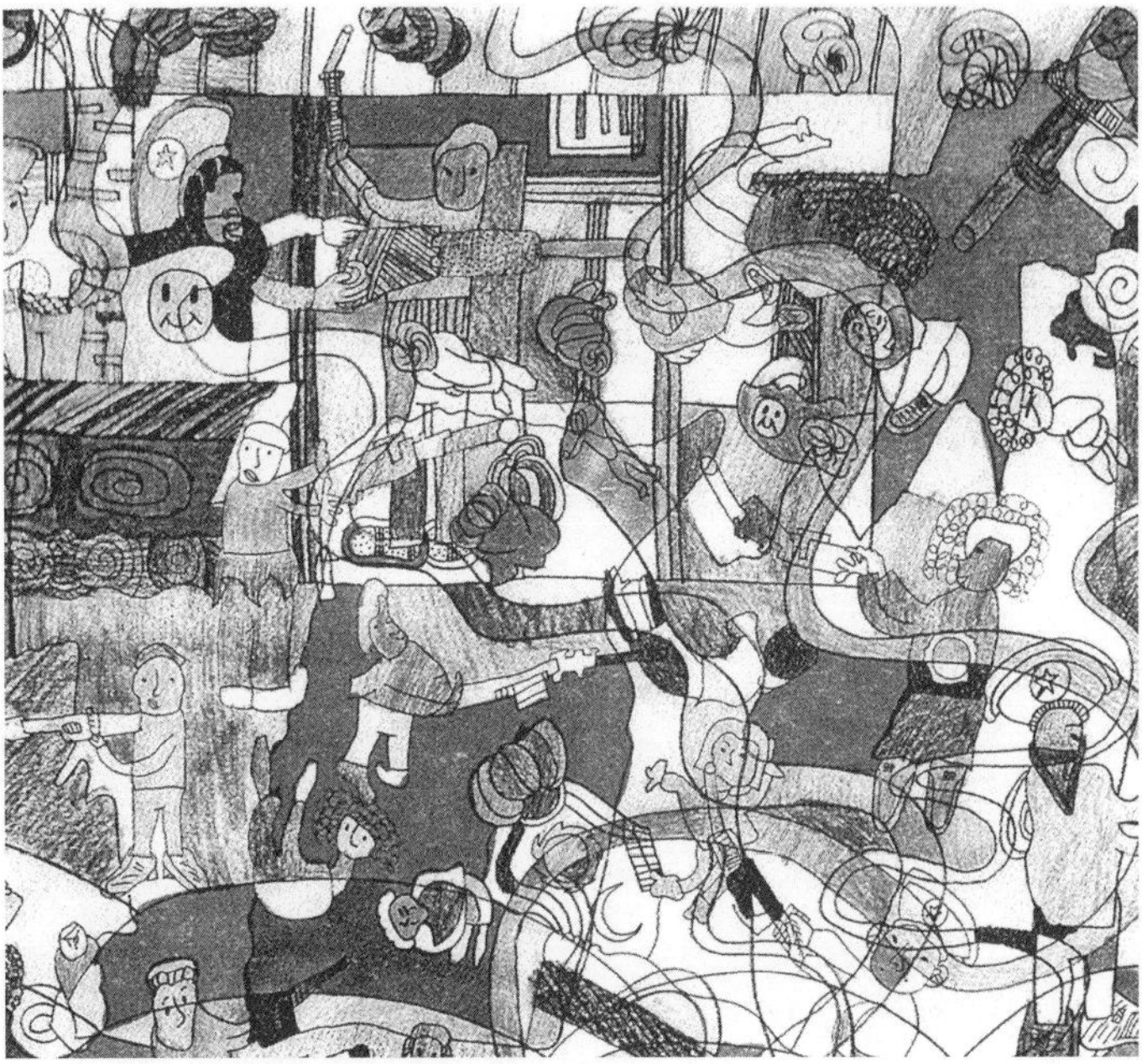

一

大晦日の夜、自閉症の息子を車に乗せ、私は妻と娘に別れを告げてから、漢水下流の江漢平原にある自宅を後にし、五百キロ先にある漢水中流に位置する故郷へ急いだ。漢宜《ハンイー》高速（武漢市と山峡ダムのある宜昌市を結ぶ道路）を走り、途中で随岳《スイユエ》高速（湖北省の随州市と湖南省の岳陽市を結ぶ道路）に乗り替え、さらに漢十《ハンシー》高速（武漢市と中国の乗用車の最大生産基地である十堰市を結ぶ道路）を走り続けた。春節らしく過ごせる場所、みんなが囲炉裏を囲んでテレビを見ながら楽しそうに笑う場所で、息子に春節を過ごしてほしい。その場所は、私の実家、息子の祖父母の家である。私の母は何日も前から部屋の掃除をすませ、言葉を話せない孫の帰りを首を長くして待っているはずだ。

しかし、この帰省が命懸けの旅になるとは思ってもみなかった。

出発したのは、中央テレビ局の七時のニュースの音楽が聞こえはじめた頃で、外は雪がちらつきはじめた。江漢平原一面に広がる麦畑は雪に覆われていた。爆竹や花火が夜空に飛び交い、空中に春節の匂いが漂っていた。国中が春節を迎える喜びに沸き立つなか、私も息子を連れて実家に帰るのだ。

潜江市や仙桃市を通り過ぎ、茶道の元祖である陸羽（中国の唐代の文筆家。茶の知識をまとめた『茶経』の著者）の故郷である天門市に差しかかった時、車体が浮き上がるほどの強風に煽られた。気を落ち着かせて、窓の外を覗いてみると、あたりは一面の雪景色で、自分の車のほかは一台も見当たらなかった。

年の瀬が迫る大晦日の夜と言うのに、息子を助手席に坐らせ、私は車を走らせている。いい歳をした中年男が、春節を過ごせるところを求めて、十八歳の息子を連れ、高齢になった両親のもとに行かなければならないのだ。それが私が今おかれている現実だ。春節になると、私は慙愧に堪えない気持ちになる。ほかの人は帰省した時、お土産や小遣いの入った紅包《ホンパオ》を親に渡し、賑やかに楽しく談笑しながら、元気な孫の顔を見せたりして、年老いた親を楽しませる。しかし、私から両親へのお土産は、口のきけない孫に会わせることだけなのだ。

江漢平野の緩やかな道を抜けて京山県内に入ると、すぐに大洪山南部の山岳地帯になる。山林の中腹へとまっすぐに差しかかるように延びていく高速道路を走っていくうちに、山道が急に険しくなった。私は驚いて背筋を伸ばし、姿勢を正した。最初、息子は助手席の背もたれに寄りかかるように坐って、漫然と雪景色を眺めていたが、私の緊張を感じ取ったのか、すぐに背筋を正して坐り直した。

見渡すかぎり、刈り込みが済まされた麦畑の上に雪が積もって、大地を純白に埋め尽くしている。その合間に数軒の小屋の屋根が黒点となって視野に飛び込んでくる。それは平原に点在している村落である。江漢平野らしい景色だ。

夜の帷が降り、雪に反射した車のライトが寒々とした光を放つにつれて、あたり一面殺気に満ちているように感じてきた。

息子は車に乗るのが大好きだ。普段、私が迎えにいく時、息子はいつも走ってきて、車のドアを開けるなり、よじりのぼるように乗り込んでくる。車に乗ると、静かになる。普段どんなに騒いでも、車に乗るとすぐに大人しくなる。窓際に坐って外の流れていく世界を目で追うのが好きだ。どんどん後方へ消えていくものを非常に不思議がっている。自閉症の子どもの目には、車窓の外の世界はどのように映っているのだろうか？　長年、私が見てきた息子は、ずっとこうして窓の外の世界に夢中になって見入っていた。

私はよく息子を車に乗せて市街地や郊外をドライブした。息子はいつも窓に顔を張り付けるようにして、道路沿いの建物やショッピングモール、電話ボックスやバス、高架橋など、流動していくそれらに見入っていた。まるで船に乗って両岸の風景を眺めているようだった。ドライブをしながら、街路樹、空の果てを飾る夕焼け、降り注ぐ雨などの風景を楽しんでいた。

息子はすべてのものに好奇心を抱いている。窓ガラスに降り注ぐ太陽の光、したたり落ちる雨の雫……。そして、見たものをすぐに手で触ろうとする。だが、もちろん、触れられるわけはない。かつて遊んだ粘土模型のように、窓ガラスの外側と内側にはそれぞれ別の世界がある。窓ガラスの外側にある水滴を手に取って、その一滴一滴を確かめようとしたが、なぜ、取れないのだろうと、息子は不思議そうな表情をしていた。また、車の窓の外から差し込む陽の光を掴もうと、窓ガラスに降り注ぐ金色に輝く光を手で撫でた。触ったように思ったのに、いくら掴もうとしても掴むことはできなかった。

江漢平野を包む厚い雪は氷の彫刻のように凍てついていた。この異様な寒気は息子を身構えさせた。自閉症の子どもは、環境の変化に非常に敏感である。彼らにとって、美しく優しい環境は善意の世界であり、険しくて劣悪な環境は悪意に満ちた世界である。世界に対する認識は、彼らが接した個々の具体的な人や物によって形成され、それに応じて変化する。

いつか私が、温泉の郷、湖北省咸寧市の通山県に住む阮方舟くんに会いに行った時、同行した一人が方舟くんに悪意の世界を感じさせた。

彼は方舟くんをからかったりして、自閉症の子どもに示すべき礼儀を欠く振る舞いをした。それが方舟くんに警戒心を抱かせた。私たちが異星人に対して、好奇心と警戒心を抱いているのと同じように、自閉症の子どもたちは私たちに強い好奇心と警戒心を抱いている。そして、その警戒心は、自分たち以外のすべての人間に対する警戒心を意味していると感じる。その日、方舟くんの警戒心は突然その態度に表れた。髪の毛が立ち、喉を唸らせ、食事の時はもちろん、すれ違う時もけっしてその人を近づけさせなかった。

息子がどんなものを好むか、私は観察して気づいた。美しい花、川のせせらぎ、愛らしいおもちゃ、耀く太陽、綺麗な女の子、美しい風景と空の彼方へ飛んでいく飛行機などだ。それらの美しいものは息子を興奮させ、楽しくさせる。一方で、底知れぬ大きなもの、陰翳のあるもの、暗闇、怪異な耳ざわりを感じさせる音、それらに対して息子は強い警戒心と抵抗を示す。

息子は音声に夢中になっていた時期がある。アナウンサーの声がどこから出ているのかが気になって、テレビの後ろをまわって覗いたり、蛙や蝉の鳴き声の出どころを探ろうと、壁の裏や床下、林の中をあちこち探し回ったりした。またある時、がらんとした運動場や広い畑で茫然と立ちつくし、何もないように見えるところで、何かを見つけようと首を伸ばしてきょろきょろしたりした。

何もないのではない。何かがあるはずだ。私たちには見えないが、子どもには見える何かがきっとその世界にはある。それは彼らの星から来たものかもしれないし、未知の世界からやって来たものかもしれない。私たちの世界を含め、色々な世界があるはずだ。私たちの世界をとり囲むほどの大きな世界もあれば、私たちの世界の中に入り込んでいる小さな世界もあるだろう。

車は走り続けた。

外は雪の大地が果てなく広がり、麦畑が連なっている。雪と麦畑で織りなす田野は仄暗くて、渾然となっている。息子は、窓の外の世界に満ちている悪意を感じとったのか、窓ガラスを指で撫でたりするのをやめた。背中を座席の背もたれにぴったりと付けるように坐り直し、周囲に対する警戒を強めた。殺気を帯びた寒さは植物を枯らせ、動物の息の根を絶えさせようとし、厚い雲の中には何本もの剣が隠され、奇怪な猛獣たちが息を潜めているようだった。警戒心が息子を獣のように敏感にさせ、襲ってくるかもしれない敵から身を守ろうと神経を尖らせていた。

以前、息子を連れて墓参りに行った時のことだった。陽射しのある、明るい昼間の共同墓地なので、行き来する人が多く、遠くに爆竹の炸裂音が響いていた。墓地という場所の特殊な雰囲気のせいなのか、そこにいると、普通の人でも言葉を失い、茫然として気持ちが沈みがちになる。自閉症の子どもならなおさらのことだ。それでも、息子に与えた刺激がそれほど強いとは、私は考えてもみなかった。墓地に入るなり、息子は頭から汗を噴き出し、自分を抑えられなくなったように、首の血管が浮き立つほど甲高い声を出して叫び始めた。

その日、息子は墓地の中で何度も奇声をあげ、駆け回り、足を踏み鳴らし、ついに指を噛み始めた。大人が二、三人がかりで、指を噛みながら狂ったように走り回る息子を止めようとしたが、とっても無理だった。きっと、息子の目に別の奇異な世界が映っていたのだろう。

江漢平原を駆け巡る冬の風はどこから来ているのだろうか、強風に煽られると、高速道路を走る車は浮遊物のようになる。高速道路は、平均的に地面より五メートルほど高く盛り土をして造成されているので、二階建ての建築物、またはある程度の樹木のてっぺんまでの高さに相当する。なのに、道路の両側に風除けの植物がなく、風速を和らげる防風柵もない。そんな状況でどうして高速道路を安心して走れるのか？　設計した人の神経が知れない。

江漢平原の高速道路を走っている私の車は、風に煽られて揺れて浮き上がりそうになった。揺られながら、私は加速して大洪山の山腹へ突き進んでいった。

目の前に迫ってきた山道の険しさに驚いて、助手席に坐っている息子は素早く姿勢を正した。

京山県内の大洪山の域内に入ると、緩衝地帯も滑らかな丘陵地もなくなり、車がいきなり深山高嶺の懐に潜り込んだような気がした。この山脈はどのくらい雄大で、どのくらい奥深いか？　東西は河南省の南陽盆地と湖北省の江漢平原を結び、南北は河南省の桐柏山地と戦国時代の文物、青銅編鐘の出土地である随県を囲むようになっている。一番高い山頂は千メートルを超え、裾は四方三五〇平方キロメートルにも及ぶ。かつて、炎帝神農はこの山々で薬草を採っていたのだろうか？　そうだとも。確かに、戦国時代に武器を運ぶ楚の国の兵士たちもこのあたりを通ったらしい。

突然、助手席から息子の奇声が飛んできた。

高速道路に霧が発生した。山の中に入り込むにつれて霧は徐々に濃くなっていった。霧が空を漂う雲のようにゆらりと、道路の上に、分離帯の柵の上に、車の窓に、いたるところに広がった。霧はだんだん濃くなり、流れる速さを増してきた。車は走り続け、少しずつ山の中腹へ入っていった。坂道の傾斜はますますきつくなり、カーブもますます多くなってきた。道路の上空を流れていく霧が、時折目の前に舞い降りてくる。かつて田舎で綿畑に積まれていた綿の山を思い出した。空を飛んでいる旅客機の窓からしか目にすることのない雲海が、私の目の前に広がっている。

私は恐怖を感じた。このまま進んでいいのか、それとも車を止めたほうがいいのか迷った。前進するのも怖いし、立ち止まることはもっと恐ろしい。仕方なく私はスピードを落とした。

その時私は、自分は月の世界で運転している、という幻覚に陥った。車は月面で揺れ動いていて、美しい雲に包まれている。車の中まで霧が漂ってきて、空中に浮いている自分たちは、雲を踏みながら千鳥足で歩いているような感じがした。月に漂う霧は、どうしてこんなにも美しいのだろう？　ちぎれた綿のように、ひとひら、ひとひらと空に浮遊している。

高速道路の両側の山は片方が高くて、片方が低くなっている。カーブを切るたびに、真っ正面にある山は、まるで身を潜めている虎が襲いかかってくるかのように迫ってくる。山には険しい荒れ山があり、川には激しい急流がある。その険しさは凶器であり、閻魔様に仕える鬼のようでもある。まるで人間を呑み込む猛獣のように見える。

息子は目の前に迫ってきた険しい山を見て悲鳴を上げた。きっと恐ろしい世界を目にしたのだろう。猛獣や恐ろしい化け物がまっしぐらに車のフロントガラスに襲いかかってくるし、棍棒や斧などの凶器が車の窓ガラスをめがけて打ち込んでくる。あの不気味で、奇怪な濃霧の正体は、襲いかかる幾千万のカラスの大軍団に化けた悪魔の手下である。

私は身の毛も弥立つような恐ろしさを感じた。運転しながら、努めて冷静な声で息子に呼びかけた。「落ち着け！　落ち着くんだ！　騒ぐな！　声を出すな！　静かにしてろ！」息子のちょっとした声でも、私の集中力が奪われる。道が見えなくなりそうになる。

間もなく、中央分離帯のガードレールもぼんやりとしか見えなくなるほど霧がますます濃くなった。自分がまるで濃霧の広がる洋上を航行する舟を操縦しているようだった。道路両側のガードレールはすでにはっきり見えなくなり、わずかの油断でも車ごと命を落とす大惨事につながる。

私は道路の真ん中にある一本の白線に気づいた。普段、私たちはそれをあまり気にしていないかもしれないが、その白線はまさに救命線だとその時気づいた。その白線を見つめながら繰り返し自分を戒めた。

スピードを落とせ！

ゆっくり走るんだ。

安全第一だ、息子が乗っている。車に息子が乗っているのだ。

この子は私の息子だが、自分だけのものではない。子どもは一族の血筋であり、みんなの希望の星なのだ。この口のきけない、自閉症の息子も希望の星になれるのだろうか？　大学に行けないかもしれない、嫁さんも貰えないかもしれない、一生経っても言葉を話せないかもしれない。それでもかつての私のように、この子が一族の血筋であり、希望の星であることに変わりはないのだ。さまざまな問題を持て余している私のようなものでも、私が絶望のどん底に落ちた時、両親は私を一家の希望としていた。まるで地面に落ちた牛の糞を観察するような目で私を見ていた。いったいそこからどんな芽が出てくるのか、成長したらどんな花を咲かせてくれるのか、見てやろうじゃないかというように、私を見守ってくれた。

一九八六年の秋、私は危うく退学させられそうになって、家で大騒ぎを起こした。高三に入り、受験が目前に迫っている時なのに、私は同級生の女子にラブレターを書いた。思春期の衝動には抗えなかった私は、クラス一番の美人、いや、学校のマドンナにひそかに恋心を抱いていた。彼女の目を引くために、私は見栄を張るようになった。近眼でもないのにメガネをかけて学のある顔をしたり、ヘアクリームをつけて髪の毛をきれいにまとめたりして、格好付けに余念なかった。私は、故郷にいる二人の障がい者のこと、私の食費や学費を支払うために節約し、苦しい生活に耐えていた家族のことをすっかり忘れていた。

結局、そのことで私は大きな代価を支払うことになった。荷物や本などを背負って家に帰され、私が学校を退学させられたという噂が村中に広がった。そのことが自分に期待を託した母親の心を深く傷付けた。

障がいのある父親が批判大会で吊るし上げられた時も、母親は弱気になることはなかった。障がいのある兄の聴力がもう戻らないと確診された時も、冷静に対処できた。それは母親の心に希望の光があったからだ。その光とは、いつか立派になる息子、私のことなのだ。

しかし、母親にとって、その光は消えてしまった。

母親は末の妹を連れて家出をした。母親があんな大それたことをしたのも、私が母を気が狂うほど追い詰めたからだ。母親が家出したのは、私の顔を見たくないから、私のことを許せないからだ、と家族全員が知っていた。

後で分かったのだが、母親は漢水対岸の老河口市に住む親戚の家に身を寄せ、そこで一か月ほど過ごした。親戚は何かあったのだろうと感じたが、事情を聞けずにいた。何が起きたのか最後まで知らせないまま、母親はそこで一か月あまり過ごした。

母親には勉強のできる二人の息子がいて、漢水河西一帯の天才少年だと言われていた。その二人とは、つまり、私と弟のことだ。親戚や村人が母親に会うと、いつも決まって私たち二人のことを話題にした。「お宅の希望の星だね」と、誰もが言うのだった。

数年経った後、その時の母親の様子を親戚から聞かされたことがある。母親は親戚の家のことを手伝いながら過ごしていた。親戚が以前と同じように息子たちのことを褒めたりすると、母親も何事もなかったかのように相槌を打っていた。まさか褒められている息子の私がとんでもない問題を起こしたとは、露も知らなかったと言う。

「変わったことといえば、一つだけあったよ」と親戚は言った。母親はよく川辺に呆然と立っていたそうだ。あの頃、漢水中流の王甫洲、襄陽、潜江の三ヶ所に発電所がまだなかったので、川の流れは非常に激しかった。母親は毎日川辺に立って水嵩の変化を見ていたようだが、何をするつもりなのか誰も分からなかった。それを聞いて、私は分かった。母は、川を見つめながら私のことを考えていたのだろう。流れていく川の渦潮を見ながら私をどうするか考えていたのだ。私も障がいのある父親と兄のように、手の施しようがないのかどうかを見極めていたのだ。しかし、一ヶ月あまり経っても結論は出なかったらしい。ある日、川からの帰り道に、母親は鳥籠を提げている占い師を見かけ、籤を引こうとしたが、悪い籤が出るのを恐れてやめたそうだ。波を打つ川に何か教えられたのだろう、母親は妹を連れて村に戻った。

二

大晦日の夜、車が大洪山京山県内に入って間もなく、随岳高速道路を走っている途中で息子は発作を起こした。京山インターチェンジの手前で大きなカーブがある所だった。ちょうど車がカーブを回ろうとした時、勢いよく湧きあがった濃霧があっという間に車を包んだ。道路の前方から山の影が車に覆いかぶさるように近づいてきた。

息子は突然大声で叫び、いきなり私のハンドルに飛びつき、私からハンドルを奪おうとした。車が揺れて危うく中央分離帯の柵にぶつかるところだった。肝を潰した思いをした私は、大声で息子の名前を呼んだ。

「正軒《チョンシュエン》！　正軒！」

そうするほかに、私には何もできなかった。ハンドルを右に切るか或いは左に回すか、それともそのまま前へ進むか、私には判断できなくなった。なぜだろう？　目に砂が入ったのか？霧の夜を走る車の中に砂ぼこりがあるわけないのに。多分、それは目に汗が入ったせいだろう。私は声を張り上げて息子の名前を呼び続けた。しかし、息子は答えなかった。私は息子の手を払おうとしたが、片手で運転するのが怖くて無理だった。あのような濃霧のなかでの運転だから、両手でハンドルをしっかり握っても、薄氷の上を歩くように少しの油断も許されなかった。

息子は恐怖のあまり悲鳴を上げた。はっきりしない言葉と混ざって、ウーウーと嗚咽が漏れている。私からハンドルを奪おうとしたが、ちょっとためらっているように見えると思ったら、今度はフロントガラスに体をぶつけたり、エンジンボックスを引っ掻いたりし始めた。

私は本能的に身の危険を察知した。その一瞬で閻魔大王の顔が私の目の前に浮かび、生と死が紙一重であることを悟った。前方に何があるのか知らないまま、車はひとりでに滑り出していた。濃霧の先に何があろうと、もうどうでもよくなった。たとえそれが岩石であろうが、ガードレールであろうが、それとも断崖絶壁であろうが構うものか！

濃い霧が白い花のようにたくさんあちこちを漂っている。こんなに美しい霧は見たこともない。まるで空から漂ってきたのではなく、地面から湧き上がってきたようにも見える。江漢平原と大洪山には冬でも食糧や野菜が採れて、花も咲くと知っていたが、綿のような霧が生えてくるとは、初めて見た。

それは霧ではない。美しい雲だ。それはゆらりと浮遊する絵であり、柔らかな絹なのだ。それは優しいそよ風であり、人をうっとりさせてあの世へ誘《いざな》う魅惑の香水なのだ。

私は気づいた。死神がそこまで来ていることを。

実を言うと、私はとっくに死んでもいいはずだった。

一九八六年の秋、私が休学させられ、家に戻されることになった時、私は母が怖くて、家に帰る気はまったくなかった。学校を離れる時、私はあの意地悪な担任を殺してどこかへ逃亡しようと思ったこともあった。そもそもそいつのやり方は大袈裟だった。校紀を正すために私がやり玉にあげられたのだ。そいつは考えもしなかっただろうが、あんな大事な時に私を学校から締め出すとは、私に死ねということではないか。私は二つの逃亡先を考えていた。一つは新疆、もう一つは神農架だった。

その頃、クラスに色気狂いのやつがいて、そいつは六人の男子学生の名を騙って同じ女子学生にラブレターを出しておきながら、その女子の名前で名前を騙られた六人の男子に返信をした。その後、彼は学校を退学させられ、新疆へ逃げていった。放浪した末、体を壊し、痩せ細って故郷に戻った時、彼は、新疆の自慢話をひけらかした。彼の土産話に出てくる新疆の首府のウルムチや天山山脈はいずれも素晴らしく、魅力的なところだった。

また、故郷の村にいた隣人の男の話だが、その男は、地元の麦門冬を他所《よそ》で売って一儲けしようとしたが、結局、元手をすって親戚からの借金だけが残った。話によると、その人も新疆へ逃げていった。どうやら新疆はうってつけの逃亡先のようだ。

私には行きたいところがもう一つあった。神農架だった。なぜなら、神農架に野人がいるそうだが、野人を受け入れてくれる場所なら、どこよりも寛容的なところじゃないかと思ったからだ。それに、窮地に追い込まれた多くの人が神農架へ逃げて生き延びたという話も耳にした。

荷物を背負って故郷に戻ったとしても、故郷にはいられないと、私は分かっていた。家にいたら母親に殺されてしまうだろう。あの人の気性を知っているから、私はいつでも家から逃げ出せるように用意していたし、死ぬ覚悟もできていた。

しかし、私の新疆行きの計画は実行できなかった。私が休学して家に戻ったことを聞き付けると、あの色気狂いの同級生が一緒に新疆に行かないかと誘いに訪ねてきた。彼と一緒に行けば、私も色気狂いになったと嘲り笑われるのがいやだったので、新疆行きを諦めた。

結局、神農架にも行けなかった。その年、バスが山の崖から転落し、死者が数十人も出たという大惨事があった。その恐ろしさに多くの人が怯んでしまったように、私も行く気をなくした。

休学させられ、家に戻った私のことで、母親はどうしていいか分からなくなっていた。あまりにも口惜しかったせいか、怒ることさえ忘れてしまったようだ。それで母親の方が一番下の妹を連れて家出をし、一か月以上も帰ってこなかったのだ。

その一か月の間、私は、自殺のことを毎日考えていた。兄弟たちはみな口を閉ざし、家の中はただならぬ雰囲気に満ちていた。今度のことはこのままでは済まないぞと誰も分かっていた。母親が私のせいで絶望のあまり無念の死を遂げるか、それとも、私が帰ってきた母親に叩き殺されるか、とにかく誰かが死ぬ結末になるだろうと、兄弟たちは密かに話していた。

それまで、村の自宅に週に一回しか帰ってこなかった父親は、それを二回にした。その頃、週休二日制はまだ導入されてなく、全国どこでも休みは週に一日だけだった。父親はいつも土曜の夜に帰ってきて、日曜の午後に学校へ戻っていった。左足が自転車のペダルに届かないので、往復に時間がかかった。それにもかかわらず、父親は週の中頃にも時間を見つけてもう一度帰ってくるようにしていた。家に着く頃はだいたい夜になり、ひと眠りして翌日の早朝に家を出て仕事に間に合うように、十数キロも離れた学校へ急いでいった。

何か悪いことが起きるのではないかと心配して、父親はそうして一か月以上も行ったり来たりしていた。また、色々なつてを頼んで母親の居場所を探させた。当時、家庭に電話もなかったので、武漢に住む叔父に電報を打って知らせた。家にいる時、父親は一度も大声で私を叱ったことはなく、腫れ物に触るような慎重さで私に接していた。私はよくひとりで水辺や山の崖に行って茫然と立ち尽くしていた。私が何を考えているのかを知っていたかのように、父親は弟たちに私の後をつけさせた。

私が死ぬつもりでいたその頃、初めて父親の過去のことを聞かされた。かつて追い詰められた時、父親も死を考えていた。自殺しようか、山奥へ逃げようかと考えたりした。だが、最後には生きることを選んだ。そして、息を吹き返す機会を得たのだ。

一九七一年十一月末、足の不自由な父親は、政治的な問題があるとされ、ダムの工事現場に行かされた。そこで昼間は重労働をし、夜は地べたで寝た。自己批判の文章を書かせられる日々を送っていた。ある日、現場に幹部がやってくるなり、「反革命の現行犯の罪と北京の主席に反対意見を主張した罪を白状しろ」と言い、「素直に白状しなければ直ちに縄をかけて刑務所に入れるぞ」と父親を脅した。脅された父親は、幾晩も眠れない夜を送り、いろいろと考えた。

もっと遠くの山奥へ逃げて、山の民のような生き方をしようか？　また、死ぬことも頭によぎった。死ぬのは簡単だ。目の前にある工事中のダムに身を投げれば、それで済むことだ。

しかし、父親は最終的に死を選ばなかった。子どもたちのことを頼む妻への手紙を書き終わると、覚悟を決めた。耐えて生きていこう、と。反省しろと言うなら反省すればいい、労働しろと言うなら働けばいい。食べる時は食べるし、飲む時は飲むのだ。

父親の書いた自己批判の文章は、山のように積まれた。

三

大晦日の夜、車は進み続けたが、私は絶望に襲われていた。車の外に漂っていた濃霧は固まってしまったように動きが見られなくなり、動いていた車も止まった。すべてが静かに固まったような気がした。私の感じた絶望は、まさにその固まった空気のように張りつめていた。押し寄せてくる絶望に私は命を差し出す覚悟でそれと対峙していた。

自分だけではない、車には息子がいる。それは分かっている。だが、仕方がない。まったくなす術がないのだ。

息子と一緒に死ねるのか？　私には分からない。

十数年来、あちこちと奔走して治療法を探し回る日々のなかで、私は、ある問題――未来をどうするか――を幾度も考えた。十数年後、そのまた十数年後、さらに十数年経つと、私には死ぬ権利があるのか？　どうやら私にはその権利はないようだ。私が死んだら、自閉症の息子はどうなるのだろう？　誰が彼の面倒を見るのか？

自閉症患者の福祉の現状に関して言えば、この国は日本や欧州の国々に遥かに及ばない。自閉症などの患者へのサポート体制は整備されておらず、ほとんどが患者の家族に頼っている。そのような状況下にいる私たち親は、これから先のことに備えて充分な蓄えをしておかなければならない。蓄えとは、充分な金と充分健康な体、そして充分な寿命を意味している。

つまり、私は息子より長生きをしなければならないのだ。もし、私が先に死んだら、息子はどうしようもなくなる。それは誰もが触れたくないつらい問題だが、自閉症の子どもをもつ親たちは、毎日重いものを背負って、その高いハードルを乗り越えようとしている。

絶望は、静かに張りつめている。

絶望は、いつも人間が一番弱っている時に現れ、人間につきまとい、人間と睨み合う。

それでは、人間はどうすればいいのか？　放《ほう》っておくのだ。成りゆきに任せ、ありのままを受け入れるのだ。かつて私の父親がしたように、反省しろと言われたなら反省すればいい、労働しろと言われたなら働けばいい。食べる時は食べるし、飲む時は飲むのだ。かつて母親がしたように、漢水の畔に立って川の流れを眺め、一か月あまり、川に身投げもせず、逃亡もせずに家に戻る、それが人間なのだ。

一九八六年の秋、一か月以上も家出をした母親が戻ってきた時は、麦門冬の収穫が終わり、農繁期も過ぎていた。母親が手始めにしたことは、私たち兄弟を連れ出して家の西側にある山の斜面の荒地を開墾させることだった。

母親の取った行動は私たちの予想もしていなかったことだった。母親は怒りもせず、棘の付いた枝を使って私や兄弟たちを鞭打ちすることもなく、いたって冷静だった。父親は一週間の休暇をもらい、子どもたちは学校を休んで家に帰り、みな母親の言う通りに、一家全員山の斜面にある荒地に向かった。

一家が近くの斜面の荒地を開墾してから一週間過ぎても、妹や弟たちは母親の意図を理解できなかった。毎日、食べ物と農具を背負い、荒地へ向かう兄弟たちの目には隠しきれない興奮さえあった。ずっと学校に行っていたが、今は畑仕事に来ている。畑仕事は母親と兄に任されていたので、そんなことは今まで母親は絶対にさせなかった。長い間、忙しくて間に合わない時には、手伝いの人を雇ってでも子どもたちにはやらせなかった。生産請負制になってから、我が家がどこでどれだけの畑を請け負っているかさえ、子どもたちは知らなかったほどだ。

一九八六年の秋、私たち兄弟は一週間の特別な労働を体験した。荒れ地を切り開き、水路を作り、土起こしをしていた。しかし、実際、仕事をしたのは障がい者である父親と兄の二人だけで、弟妹たちは畔に坐っていただけだった。正直に言うと、仕事はさせてもらえなかったのだ。私たちに与えられた仕事というのは、そこに坐って父親と兄が働く姿を目に焼き付けることだった。私たち兄弟がようやく母親の意図を理解したのは、峠の荒れ地を開墾してしばらく経ってからのことだ。

あれは晴れわたった日曜日だった。

張り詰めた弓のように峠にかかっている青空の下に、漢水西岸の沈湾郷の遙か遠くから臥牛山が見えた。明の始祖・朱元璋はそこで牛飼いをしていたと言い伝えられている。臥牛山から漢水までの間に丘陵が二つあったが、その中の一つは、「農業は大寨《ターツァイ》に学べ(21)」が叫ばれていた時期に切り崩された。もう一つは、山の樹木が違法に伐採され、いばらや枯草しかない禿山となった。漢水西側あたりは沖積扇状地であるゆえに、肥沃な土地が広がっている。山の斜面にある荒地はあまり人々に相手にされず、家族の多い農家しか引き受けないのだ。

弓のように張り詰めた空の下の一端は漢水、もう一端は臥牛山である。岩肌を剥き出した山々の上に澄み切った青空がピンと張り渡っていた。二人の障がい者は山の斜面の荒地を相手に汗を流しているが、その傍らに、三番目の子の私を先頭に、四番目、五番目と六番目の子は、肩を並べて坐って、働く二人を見ていただけだった。当時、二番目の子の長女はすでに家を出て働いていたので、私が先頭に坐っていた。

二人の障がい者の働く姿を見せつけることは、母親が家出をして漢水の畔で考え出したことなのかどうか、私には分からない。ただ、あの数日間で味わった、じりじりと焼かれるような辛さを覚えているだけだ。太陽はいつまで経っても西へ沈もうとせず、ずっと山の背にかかっていて、明々と照りつけていた。ゆっくりと土を掘り起こす父親は、掘っては足を引きずって移動し、足を引きずって移動しては土を掘り起こして、なかなか前へ進めなかった。兄のほうがずっと速く、時々水を飲みながら遠くを眺めていた。

私たちは横一列に並んで畔に坐り、障がいのある父親と兄が荒地を切り拓くのを見ていた。二人だけ働かせ、私たちを休ませたのは農具が足りなくて交代で仕事をするためだと思っていた弟二人は、最初、畔に坐って周りをキョロキョロ見たり、鼻唄を口ずさんだりして呑気に構えていたが、しばらく経ってようやく様子がおかしいことに気づいた。

母親の意図を一番早く悟ったのは私だった。気付いた私は、父親と兄の顔を見ないように、無言で遠くにある臥牛山ばかりを見ていた。途中で父親が疲れて鍬を置くと、弟たちは急いで駆け寄って手伝おうとしたが、私は動かなかった。張り切って手伝おうとしたのに、母親に止められ、弟たちはわけが分からない顔をしていた。

障がい者と一緒に長く生活していると、それに慣れて彼らの障がいに対して無関心になり、彼らの障がいさえ忘れてしまう。長い間、私たちは、そうしてきたのだ。父親が自転車に乗る時の不便さを目にした時でなければ、兄が自転車を奪われ、村人に嘲笑された時でなければ、二人が障がい者であることを私たちは意識しなかった。今、私たちの目の前で、普段ほとんど農作業をしなかった父親が荒れ地と格闘している。水を飲め、と父親に声をかけられても、数メートルしか離れていないのに、兄には聞こえない。それを見て私たちは、自分たちの前にいる二人は障がい者なのだ、とはっきり意識せざるをえなかった。

母親の意図が分かると、二人の弟も私のように黙ってしまった。私たちは、働いている二人を見ないように、うつむいたり指をいじったり、お尻の下の枯れた秋草を摘むふりをしたりした。互いに目を合わせる勇気がなく、互いの視線が怖かった。

目の前にいるこの二人の障がい者が、自分たちを養っているのだ。

自分たちが学校に行けるのも、この二人の障がい者のおかげなのだ。

父親は休憩を挟みながら農作業を続けた。そもそも畑仕事に向かない人だから、数十年来、母親は父に農作業をさせなかったのだ。父親が腰を起こすと、私たちはみな顔を伏せた。あたりはやけに静かだと感じた。

その日、私は秋燥という言葉の意味を理解した。暑いうえに空気が乾燥しきっている。このあたりはなぜこうも荒涼としているのか？　水がないからだ。そこでは大豆や玉蜀黍《とうもろこし》など、水撒きをあまりしなくていい植物だけが生きられるのだ。ほかの植物ならすぐ枯れてしまうので、畦の上や山の斜面には枯れ草しかなく、一面荒れ放題だった。

そこで荒地を開墾していると、大量の水分補給が必要だった。ヤカンから茶碗に水を注ぐという些細なことでさえ、母親は私たちに手を出させなかった。それを末っ子の妹にやらせたので、私たちは、服を汚すこともなく、毎日、服も靴も清潔のまま畔に坐って、父親と兄が労働するのを見ていただけだった。

秋燥は、水と直接の関係がないようにも感じた。それは一種の音である。遥か彼方から来たような、またごく身近に低く唸っているような音である。最初、蝉の声か、または土や草叢から発生する虫の音かと思った。後でようやく分かったのだが、それは土や草叢から出た音ではなく、空中から来たようでもあり、また自分の体の中から出たような音でもあり、その名状し難い音の正体は乾燥だった。その音が空を旋回し、地面に渦を巻き、ところ構わずにすべてをカラカラに乾燥させ、私たちに喉から煙が出るほど渇きを与える。

途中で母親が湯を沸かしに家に戻った隙を見て、私たちは手伝おうとしたが、父親と兄に断られた。大量の汗を流した二人は、風が止まると、仕事をする手を止めた。まるで二人も、飛びながら鳴っている乾燥という音に耳を傾けているように。

その乾ききったものは、絶望である。

目の前の山の斜面に広がる枯れ草は、寂漠として、僅かな火種でもあれば燃えあがりそうだった。

荒地の開墾の後、母親は崩れるように病いに伏せた。父は私を勤め先に連れていき、村の学校が管理していた民家の牛小屋のとなりの部屋に住まわせた。

牛の首に鈴が付けられて、毎晩、鈴の音が、チリンチリンと鳴った。私が夜中に目を醒まし、布団の中に坐っていると、まるで海の上や霧の中に坐っているような気がした。希望がどこにあるだろう？　まったく先が見えないのだ。

鈴の音は毎日朝まで鳴り続いていたが、それは私の睡眠を妨げたわけではなかった。私はベッドに入っても眠れず、毎晩呆然として朝まで坐っていた。

あの鈴は、母親の化身ではないかと後になって私は思った。

チリンチリン……チリンチリン……

夜中、牛が歩いている。風に吹かれて不規則な音となって聞こえてくる。しばらく止んだと思ったら、また突然鳴りだした。真夜中の奥深いところから、深い夢の中から、生命の奥からやってくるような音だった。

生と死は一瞬のことだ。その一瞬はとても大事だ。その一瞬で起きた些細なことが生と死へと繋がっているのだ。私は悟った。あの鈴の音は、峠の荒地で聞こえた乾いた音と同じく、絶望というものなのだ。

それなら、絶望した時は、どうするのか？　じっとして耐えるしかないのだ。

数カ月後、耐え抜いた私は大人しく学校に戻り、その一年後、大学受験に合格した。

しかし、あの時の鈴の音は、数十年来、私の耳元から離れることはなかった。肝心な時になると、いつも私の耳元で響きだすのだ。

絶望から目をそらすな。石や硬い氷の塊を見つめる時のように、どんなに頑固なものでも消えてなくなる時が来る。時が来れば絶望は消える、と。

今は、大晦日の夜だ。私は濃霧を通り抜けようとしている。忍び寄る死を予感した時、突然、遥か彼方から鈴の音が聞こえてきた。

私ははっとして我に返った。

車を止めるのだ！　これ以上進むな！　じっとしているのだ！

濃霧の中、暗闇に閉ざされた夜に鈴の音が鳴っている。こう私に囁きかけた。

「ストップ！　ストップ！」

「車の中に息子がいる。言葉の話せない息子が」

四

大きなカーブにさしかかった時、私は緩やかな坂の道端に車を寄せ、濃霧の中でゆっくりとエンジンを切った。後続車に追突されるのが心配で、まずハザードランプをつけた。車の来る気配はまったくなかった。

気が付くと、自分の顔は汗まみれになっていた。振り向いて見ると、息子も同じ顔して、恐怖が顔に張り付いたまま、吠えるような低い声で唸っていた。

ドアを開け、車を降りて外の状況を確かめることにした。長いカーブの左側には傾斜の急な山、右側は断崖絶壁だった。強い風も吹いていた。おまけに綿のような霧が立ち込めていた。ここは長居する場所ではないようだ。

息子と相談しよう。息子には私の話を理解できないと分かっているが、それでも相談しなければ前へ進めない。とにかく、一刻も速くこの危険な場所を離れなければならないのだ。

「正軒、お前はいい子だ。聞いてくれ」、私は息子に話しかけた。「ばあちゃんが家でお前を待ってる。春節を一緒に過ごすために」

「今日は何の日か分かる？　大晦日だ。もうすぐ春節だよ。今日は今年最後の日だ、明日は新年の始まりだ。分かるか？」

息子が話に応じる様子はなく、私が何を言っても、相変わらずウーウーと低い声で唸っている。汗まみれの顔が、鼻水や涎でぐちゃぐちゃになっていた。

私はもう一度エンジンをかけて進もうとした。エンジンをかけた途端、息子はハンドルに飛びかかった。私は、ハンドルを力強く握っている息子の手を振り離そうとしたが、息子はきつく握る手を離そうとしなかった。

私は急いでエンジンを止めた。息子は恐怖に怯えているようだった。実は私も同じだ。しかし、進まなければならない。そのまま路上で一晩停めておくわけにはいかないのだ。たとえ車を停めるとしても、このような濃霧が立ちこめている山の斜面では危険すぎる。それに、ハザードランプをずっと付けていると、バッテリー切れになってしまう。そうなったら、後続車に衝突されてしまう。

やはり移動しなくては、そう決めて、私はエンジンをかけようとした。その時、息子がふたたび飛びかかってきた。

私は彼の手を遮って大声で叫んだ。

「やめろ！」

「危ないじゃないか？　死にたいのか！」と叱った。

しかし、私の叫びと叱責は何の効果もなかった。息子は完全に自制を失っていた。彼の指をハンドルから無理矢理に離そうとすると、彼はすぐ掴み返してくる。力が強くてとても引き離せなかった。

私の堪忍袋はついに切れた。

「こいつ、叩かなければ分からんのか！」

「この口のきけないわからず屋が！」

何回かハンドルの奪い合いをした後、私は片手で彼の頭と顔を叩き始めた。

パシッ。頭。

パシッ、顔面。

パシッ、パシッ。両頬。

パシッ、パシッ、パシッ……

叩かれた息子は訳が分からずにぽかんとしていた。

「これで、分かっただろう？　親は子どもを叩けるが、子どもは親を叩けないんだ」

パシッ、パシッ、パシッ、……息子の顔を叩く私の手は止まらなかった。「分かったか？」

と、私は同じことを言った。

私も自制を失っていた。気が狂い、悪魔になった。何回叩いたのか、自分でも分からないが、息子の顔に手の形をした痕が無数にできた。

息子は、涙が溢れんばかりの目で私をじっと見つめていた。

ビンタを喰らうことも、叩かれることも、現実にあることだ。お前たち星の子の世界にはこんなことはないのか？　もしないなら、今日のことを覚えておくがいい。びんたを食らうこと、叩かれることは、勉強だ。しかも大切な勉強なのだ。勉強なのだから身を以て体験する必要がある。かつて障がい者の兄もそうだった。弟妹たちが跪かせられたことはあっても、彼はそうさせられたことがなかった。しかし、沈湾中学校で群衆の前で跪かせられてはじめて、兄は大事なことを学んだ。それは、自分が健常者と違って、障がい者であるということ、障がい者であるゆえに、綺麗な嫁さんをもらえないということだった。

息子は私の手をじっと見つめていた。彼には理解できなかったのだ。普段ハンドルを握る手が、なぜ自分の頭や顔に振り下ろされるのか？　なぜ自分がこんなにも痛めつけられるのか？　そんなことは初めてだった。口のきけない子どもだから、家族だけではなく、よその人にも優しくされていた。息子にビンタを喰らわせるなんて、そんなことをする人は一人もいなかった。おもちゃの粘土模型と同じように、その内側と外側にはそれぞれ別の世界がある。車の窓ガラスの裏側と表側にも別々の二つの世界がある。息子にとって、叩かれる前と叩かれた後の世界も違うはずだ。

その時、あることが一瞬、私の脳裏をよぎった。なぜあのようなことをしたのかも、理解できるような気がしてきた。それは、湖北省の咸寧地方の崇陽県で起きた、父親が自閉症の息子を殺害した事件だ。普段、その父親は貴州へ出稼ぎに行っていたが、ある日実家に帰ると、静かな場所を見つけ、スコップで掘った穴の中に息子を生き埋めにした。つまり、父親が殺人を犯したのだ。事件後、子どもの母親が通報したが、父親は逃げも抵抗もせず、「できるだけ早く死刑にしてほしい」と、駆けつけた警官に懇願した。

その殺人事件は当時の社会、とくに自閉症の子どもをもつ親たちに衝撃を与えた。多くの親たちは誘い合って、被告になったその父親の裁判を傍聴に行こうとした。しかし、貸し切りバスで行く直前になっても、親たちの考え方は統一できなかった。

「あの父親の減刑を申し立てるつもりなのか？」

「可哀想だから？」

「問題は、本人が減刑を望むかどうかだよ」

「もし、本当に減刑されたら、生き残った彼は、自分に殺された息子のことでずっと苦しむことになるんじゃないの？」

「減刑という結果は、果たして死刑よりよかったと言えるのだろうか？」

……

濃霧が立ち込める京山県内の高速道路を走る車の中で、手を上げて息子を叩いたあと、私はしばらく茫然自失していた。あの時、私はあの父親のことを理解した。あの父親の場合は、凶器としてスコップを使ったが、私の場合は手を上げた。違いと言えばそれだけだ。

あの父親にはきっと、もう一つの世界が見えたのだろう。スコップを使う前の世界と使った後の世界が。柔らかな月光、美しい雲、香ばしい匂いのするご馳走のある世界が。スコップによって隔てられたのは、まったく別の二つの世界である。あの父親は、子どもを連れて、衣食の心配のない、自由自在に過ごせるもう一つの世界へ行こうとしたのだろう。

手を上げたまま涙が頬を伝って流れ落ちた。私は自分の掌からもう一つの世界を見た。

息子は突然指を噛み始めた。叩かれてどうすればいいか分からなくなって、涙を流し、しばらく私を見つめてから、息子は自分の右手の指を噛み始めた。

車の中で息子が指を噛んでいる。だが、私は止めなかった。疲れ果てた。先ほどの恐怖と緊張が解け、やっとなんとか冷静さを取り戻した。私は運転席の背もたれに寄りかかって涙が流れるのに任せた。

車に付いているデジタル時計を覗いてみると、夜の八時半をまわっていた。時刻を表す文字は頭に刻まれても、この先どうすればいいか見当がつかなかった。とにかく精根尽き果てて、運転する気力も、息子を叩く気力も残っていなかった。その時、奇妙な考えが私の頭に浮かんだ。息子に泣くことができるのなら、私だって泣いても構わないじゃないか。息子が指を噛むなら、私が同じことをしてもいけないことはなかろう。

指を噛む息子を見て、私も自分の指を噛みたくなったのだ。私はゆっくりと右手の人差し指を突き出した。となりにいる息子を観察し、息子がどのように指を噛んでいるのかを見て、真似をしようと思った。息子が噛んでいるところは、指の甲や指の上部ではなく、親指と人差し指の間の部分、合谷のツボに近い部分だ。

この世にはきっと、救いの神がいると思う。人間がにっちもさっちもいかなくなった時、救いの神が手を差し伸べてくれるのだ。私は、自分の指を見つめていた。ずっとハンドルをきつく握っていた指はすでに硬直していた。その時、私はふいに悟った。私を苦しめ続け、何度も絶望させたこの指は、きっと私を救ってくれる。私を新天地へと導いてくれる。長年、私の指である息子はいつもそうだった。私が絶望に打ちのめされた時、窮地に追い込まれた時、何度も私を救ってくれた。一歩ずつ前へ前へと、一段ずつ高い境地へ私を導いてくれた。状況が変わる度に新しい風景が目の前に広がり、新しい人生と出会った。気が付くと苦境から脱出していた。

自閉症の息子の世話をしてから十数年、思えばそのようなことが実に多かった。乗っている船が難破し、登ろうとした梯子が取り外されたことはいやになるほど経験してきた。でも、危機こそが変化なのだ。激変の時代そのものなのだ。激変する時代のうねりの中で多くの人が揉まれ、投げ出され、互いが体力消耗しながらなんとか生きている。確かに、私たちはますます対応しにくい環境に生きている。語り合う相手が必要だ。しかし、それはどこにいるのだろうか？

かつて、私はある名の知れた新聞社で記者として働いていた。私が働いていた数年間は、ちょうど紙媒体の最盛期であり、海外から内陸部への投資を呼び込むことに熱狂していた時代でもあった。あの頃、大胆さと良心のなさによって、巨富を手に入れた記者もいた。泥棒や火事を警戒するように記者も警戒されていた時代に、利益を追う上司はいつも私を逃げ場のないところまで追い詰めた。長く対立し、互いに譲らなかったが、私は、荒海で巨大な鮫と格闘して衰弱した老人のように劣勢を強いられていた。しかし、私はやすやすと戦地を手放して諦めるわけにはいかなかった。息子を養わなければならないからだ。少なくとも、乗り移る船と安全に避難できる岸を見つけるまでは。

結局、戦っても私たちのどちらにも勝ち目がないことを私たちは予想できなかった。私たちはどちらも敗者となった。一人勝ちしたのは時代の流れだった。私たちには時代の流れが見えていなかったから、いくら著名な新聞社でも、所詮紙媒体に過ぎないということに気がつかなかったのだ。インターネットと並行していた初期段階では、紙媒体にはまだ生き残る空間があったかもしれないが、ネットの凄まじい成長につれて、紙媒体が淘汰されるという末路しかなかった。木刀や棍棒を振り回して大砲を持つ敵と戦っているのと同じことだった。

そんな時、私はよく息子に会いに行った。息子を連れて、郊外の田野や長江の河畔に散策に行き、息子を自由に走らせた。息子は走り疲れると、必ず私のそばに戻ってくる。その時私は彼に「目の前の苦境を乗り越えるにはどうすればいい？」と問いかけた。

答えてもらえないことは分かっていた。だが、答えられない人と会話することによって、別の形で答えが得られることがある。なぜなら、実際には自分が自分の心に問いかけているのだから。何度も繰り返して問いかけるが、答えはすでに自分の心の中にある。不思議に思うかもしれないけれど、落ち着きを取り戻すまで自問していくうちに答えが出てくる。

私は十年も勤務した新聞社を辞め、新しい事業を始めた。まもなく、劇的なことが起きた。勤めていた新聞社はインターネット普及の荒海に呑まれて姿を消し、かつての上司も仕事を失った。

私は、時代の寵児ともてはやされていたメディアの衰退を目のあたりにした。衰退の勢いに押され、かつて強い立場にあった上司たちは崩れ落ちた巨大ビルのガレキのように無力で、無残だった。もちろん、それは私が勤めていた新聞社に限った話ではない。紙媒体を主体とする新聞業界全体の衰退だった。人が羨ましがる職場を早まって離れたように見えたかもしれないが、実はそれによって、私は難破直前の船から脱出し、比較的に安全な岸にたどり着き、新たな可能性をつかんだのだ。

将来に対するこのような判断力は、息子とのたびたびの対話から生まれたものだ。自閉症の息子をもったがゆえに、絶望のどん底に突き落とされ、夢や幻想をなくした。しかし、絶望のどん底に突き落とされた苦しみを味わったからこそ、そこから這い上がる機会を見逃さない力を身に着けたのだ。生きる希望がさまざまなところにあるはずだと、思えるようになったのだ。

そうだ。生きるチャンスがある。首吊りのためにある樹は一本もないのだ。そう考えると、目から鱗が落ちたように視野が豁然と広くなった。

そうだ。息子が救ってくれたのだ。息子がいなければ、私は絶望の中であんなに頑張れなかったかもしれない。息子がいなければ、私はそこまで意を決して変わろうとしなかったかもしれない。数十年来、そのようなことがたくさんあった。困難にぶつかると、私はいつも息子に会いに行った。いつも息子と一緒にいた。

息子よ、ありがとう。

五

この十数年、息子はさまざまな未知の世界を経験した。息子と一緒にいて、私も見識を広げることができた。

息子が寄宿生活を送っていた場所が彼に新しい世界を見せた。息子が最初に寄宿していた場所は、湖北省西部にある土家族自治区の長陽県に住む虞《ユー》先生の家だった。鍼の治療を受け、言葉と生活の技能の学習が息子の日課だった。そこでの約二年間、息子の最大の収穫は自転車に乗れるようになったことだ。私が会いに行くと、息子は自転車に跨がって、町外れの川辺まで颯爽と漕いでいった。散歩しながら、息子の後を追いかける私と虞先生に、息子は興奮した顔で、片手ハンドルの技を得意げに見せてくれた。今にも空へ飛んでいきそうだった。今ではもう見られなくなったが、まるで空の色と溶け込んだように澄み切った川の畔に立つと、天地がつながっているように見え、散歩している私たちも空を飛べそうな気分になった。

土家族の虞先生は立派な先生だった。習字の手本のような端正な文字を書く女性で、子どもとの接し方も上手だった。もし、ずっと虞先生と一緒にいたら、息子は自転車雑技の芸人になれたかもしれない。だが、残念なことに、二人の子どもの母親である虞先生に不幸な出来事が起きた。彼女の夫が家出してしまったのだ。彼女はやつれていき、情緒不安定になり、ついに息子の世話も出来なくなった。とくに困ったのは、彼女自身の二人の子どもの世話をする人がいなくなったことだった。そのような不幸が一人の女性をいかに苦しめたかを、息子の世話を見てもらっていた二年の間に私はつぶさに見てきた。

家を出ていった彼女の夫は、もともと武漢から長陽県に派遣された役人だった。彼女と出会って二人は結婚して、自然豊かな美しい田舎町で暮らし、二人の息子にも恵まれた。しかし、数年経っても、彼は武漢に戻って仕事をしたいという気持ちを捨てきれずにいた。四十代になった彼は、ある日、忽然と姿をくらました。突然いなくなるなんて、いったいどこに消えたのだろう？　死んだのか？　それともどこかで身を隠しているのか？　どのみちはっきりさせなければならない、と彼女は思った。

夫を探している間、彼女は、都会の魔力――なんでも呑み込んでしまう底知らぬ深さと複雑さ――を知った。何年探し続けても夫の消息をつかめなかった。せめて、夫が生きているのか死んだのか、何か手がかりをつかみたくて、彼女は捜査願いを出した。そして、長年の貯金をはたいて武漢の私立探偵にも依頼した。高校卒業間近の息子と、もうすぐ高校二年生になる息子の二人を抱えているので、一番金のかかる時期だったから、私は彼女の行動に驚いた。

彼女の夫の両親は健在で武漢に住んでいた。私は、その夫の両親が怪しいと思った。夫を探しに訪ねてきた彼女に対して、両親は息子のことを知らないと言っていたが、警察に知らせようと彼女が言い出すと、それをやめなさいと言ったそうだ。そのことについて私の友人と話し合ったこともあるが、なぜ、そんなに落ち着いていられるのか、私たちはそのような態度を取った両親に疑念を抱きはじめた。普通なら、親はそんな態度をしないはずだ。普通であれば、息子の失踪を知ったら、親は自分の指が斬られたような反応をするだろう。指が斬られたような痛みを感じて、居ても立ってもいられなくなり、当然一刻も早く警察に連絡しようとする。しかし、その両親は何事もなかったかのように落ち着いていた。そればかりか、夫を探しに来た彼女に捜査願いを出さないようにと言った。

私と友人たちの推測だが、虞さんの夫はきっとどこかで別の女性と新たな家庭を作って、一緒に暮らしているだろう。もしかして名前を変えて別人として生きているかもしれない。とにかく、それらの事情は彼の両親が知っているはずだ。

しかし、虞さんは私たちの分析をまったく聞き入れず、涙を流しながら、夫のいいところをいろいろと挙げて反論した。苦しみのなかで日に日に精神的に壊れていく彼女を見ながら、周りの人は何もできなかった。

依頼した私立探偵も、彼女の夫の所在を見つけることができなかった。依頼費の金は戻ってこなかったが、彼女は一枚の写真を見せられた。夫の写真だ。夫は蓮池の畔の手摺にもたれて立って遠くを眺めている。その写真は西湖で撮ったもので、撮影時と場所を記したデジタル情報が印字されていた。つまり、その時点で男はそこで生きていた。遠くを見つめている彼には長陽に残っている妻と子どもたちが見えているのだろうか？

虞さんは写真の男を指差し、涙ながらに訴えるように言った。「御覧なさい、悪い人に見えないでしょう」。

いい人か悪い人か、表面からどうして判断できよう？　人の表面は粘土模型や車の窓ガラスのようで、見える側にあるのは一つの世界であり、見えない側にあるのはまた別の世界である。この二つの世界は相反するものでもなければ、同じものでもないのだ。

長陽で自転車を覚えた息子は、地面から離れた世界を知った。自転車に乗っていた時の息子はいきいきして、達成感と喜びに満ちていた。だが、かつて自転車に乗るために、彼の祖父がどれほど苦労したことか？　普通の人なら、自転車に乗る時、左足でペダルを踏み、右足を上げて乗るのだが、祖父の場合は、左足の具合が悪いので、左足で体を支えることができず、右足だけで乗るしかなかった。それでも、祖父は諦めずに練習し続けた。自転車に乗るために何回も転んで、たくさんの傷を残したが、頑張った甲斐あってついに乗れるようになった。自転車に乗れるようになると、祖父の世界が広がった。自転車に乗れなかったら、祖父の世界は、せいぜい自分の暮らしていた村あるいは周辺の幾つかの村に限られていただろう。自転車に乗れたお蔭で、その世界は漢水河西の幾つかの田舎町まで広がった。

以前、息子は武漢市漢陽区に住むある店主の家に寄宿したことがある。もとは湖北省広水県の農民だった一家には、夫婦、お婆さんと三人の子どもが暮らしていた。彼らの話によると、言葉の話せなかった子どもが、その家の里子になってから言葉を話せるようになったとか。残念なことに、のちに行方不明になったそうだ。私たちの気を引いたのは、行方不明になったその子を夫婦が新聞に広告を出してあちこちで探していたことだった。夫婦が子どもを探していることを最初に知ったのは、大学で教師をしている私の弟だった。弟は、「なんて優しい人だ、しかも障がいの子どもを教育した経験もある」と感心した。

それで、息子を半年あまりその夫婦のところに寄宿させた。その半年の間、農村から都会に出稼ぎに来た人が体力と勤勉さに頼って、がむしゃらに働く姿が私に深い印象を残した。夫婦二人はビスケットやお菓子などを売る小さな食品店を経営しているが、近くの団地に住む人からの宅配も引き受けている。注文の電話が鳴りさえすれば、一円の利益のためでも、たとえ強風であろうが暴雨であろうが、身を挺して宅配に出るのだった。

しかし、子どもの教育については、その夫婦は分かっていないのが明らかだった。数十年前、田舎で過ごしていた私たちの幼い頃のように、彼らは三人の子どもをいつも地べたに遊ばせていた。息子の病気についても、彼らは聾唖者だという認識しかなく、自閉症については何も知らなかった。

息子が十六歳になった時、息子の祖母の意見に従って、その寄宿先を紫金鎮《ズージンチェン》の黄先生の家に変えた。黄先生の家で寄宿させて一年あまりの間に、息子は自分でお湯を注ぐこと、靴の紐を結ぶこと、それから食器を洗うことや自分の体を洗うことを覚えた。最後はひとりでお風呂に入れるようになった。

現在、息子は歴史のある町、襄陽の高齢者福祉施設で寄宿生活を送っている。

息子に高齢者福祉施設で生活をさせながら、発語のきっかけを探ることを思いついたのは、私のちょっとしたひらめきからだった。思い付く方法はすべて試しつくしたと思ったある日、私はふと老人のことに思い至った。毎日高齢者を相手にしていたら、もしかして何か変化が出るかもしれないではないか？

息子は十八歳で高齢者福祉施設に入った。中庭のあるその施設には、約六十人の高齢者と数人の身体障がい者が入所していた。看護師が配置され、運動器具も完備していて、陽光溢れる花壇もあった。

息子の前に新しい世界が広がった。

その施設にいるほとんどの人々は反応が鈍くて、動作も緩慢である。朝ゆっくりと起き出し、ノロノロと中庭へ行って日向ぼっこをしながら、のんびりお喋りをして午前中を過ごしている。

彼らには時間がたっぷりあるし、時間が過ぎていくことを気にする必要もないのだ。彼らにとって息子の動きは速すぎる。池の中をのんびり泳ぐ魚の群れに突然、一匹だけ素早く泳ぎまわる魚が放り込まれたような具合だ。息子は入所早々にして騒動を引き起こした。老人たちの食べ物を盗み食いしたのだ。

午前と午後の休みの時間になると、息子は、陣地を視察する大将然としてホーム中の部屋を見てまわる。食べ物を目にすると、パンでもビスケットでも、手当たり次第持っていってしまう。老人たちより足が速いことに頼って、息子はこの緩慢な世界でまるで水を得た魚のようだった。取られた物を取り戻そうと老人たちは追いかけて中庭までくるが、時はすでに遅し。食べ物はすでに彼の口に入っているか、袋がビリビリに破られていた。

あの頃の息子は施設の困り者となっていた。

ある時、私はたくさんの食べ物を抱えてお詫びとお礼に行った。だが、行って話をしてみると、老人たちはみな楽しそうに笑って、「賢くて、聞き分けのいい子だよ」、と息子を褒めたり、息子の普段の様子を聞かせたりしてくれた。話題にされた本人はその時もホームの中庭で老人たちのそばを走り回っていた。

私はもう一つの世界を見たような気がした。その世界が息子の発語にいい影響を与えてくれるかどうかは分からない。効果が見られるまでには時間が必要だろう。だが、私は時の流れに委ねようと思った。

息子は施設で若い看護師からアラビア数字を教わった。９の文字こそ金槌のようだが、ほかは一応形になってきた。そのほかに、簡単な絵も描けるようになった。いつか、なんと一輪の蓮の花を描いて見せてくれた。

入居者の中に、半身不随で、絵の得意なお婆さんがいた。そのお婆さんの描いた巨大な蓮の葉の絵が、息子の目に不思議に映ったのだろう、息子はいつもその絵の前で見とれて立ち尽くしていた。その緩慢な世界にいると、息子は、焦らずにいられるし、自信をもてる。落ち着いていられるようになってから、息子は人の描いた絵を観察したり、自分も絵を描いたりするようになり、自分の感じたことや思ったことを表現しようとするようになった。

息子は一輪の蓮の花を描いた。その花の遥か遠い奥にもう一つの世界があるのではないかと感じたのだろう。

六

子どものいるところにはきっと神様がついている。

大晦日の日、私は高速道路を走る車の中で息子を叩いてしまった。だが、それ以上成す術はなくなり、心のなかで祈るしかなかった。指を噛む息子を落ち着かせ、自分たちを帰途に着かせてくれる人がいるだろうか？　どこにもいないのだ。

そんなに噛みたいなら、好きなように噛ませておこう。子どものいるところにはきっと神様がいると、これまでの経験が自分に教えている。そういえば、そのような経験は、私の両親にもあった。とくに母親にとって印象深い経験だったはずだ。一九七二年の冬、障がいのある父親が厳しく批判され、自殺しようとするほどたいへん辛い時期を過ごしていた。そんな時、母親は九歳の兄を連れて、いくつも山を越え、ダムの工事現場にいる父親に会いに行った。当時、兄の病気はまだ確定していなかった。片言しか喋れないが、もう少し大きくなれば普通に話せるようになるだろうと母親は期待していた。

九歳の兄が父親に幸運をもたらしたかのように、その後間もなく、父親は労働条件の少しよい現場に移された。しかも、重い肉体労働も自己批判書を書くことも放免され、ガリ版(22)の手伝いや宣伝資料を書く仕事をするよう命じられた。その小さな変化は父親に驚喜をもたらした。というのは、「しっかり反省しないと刑務所行きだ」という、自分をいじめようとした役人が上の指示を捻り曲げて嘘をついていたことを見抜いたからだ。

その後も、似たようなことが何回もあった。

一九七六年の冬、批判される日々が続いた父親は、勤務校の近くの農場で羊飼いをさせられていた。ある雨の日、羊を連れて山を降りる途中、父親は足を滑らせ、転んで怪我をした。知らせを受けた母親は、今度は次女と三男を父親のところへ行かせた。その時も二人の子どもが父親に幸運をもたらしたかのように、その後すぐ、父親はふたたび教師として認められ、職場に復帰できた。

一九七八年、父親は、労働改造[23]の対象とされ、ふたたび教壇を追われ、田舎町の中学校でガリ版の手伝いを命じられた。後に一旦教員に復帰したが、政治運動を継続せよという上からのお達しにより、以前の問題が解決していない人の一人として、思想改造を受けることになった。集められた人たちは、ひとり、またひとりと元の職場に戻されたが、父親だけはいつまで経っても解放してもらえなかった。

その原因は宋大列《ソン・ターレエ》という人にあった。私の父親が毛沢東主席に不満を持っていると発言したのを聞いたと、宋が証言したからだ。もともと労働者の出身で、履歴にも問題がなく、新中国の受益者である父親がそんなことを口にする理由はないはず。そう思った幹部たちは宋の話を信じなかった。しかし、いくら宋に確認しても、彼は証言を変えようとしなかったので、結論が出せずにいた。結論が出せないまま、父親の拘束だけが長引いた。その時も、母親は三男と四男を父親に会いに行かせた。なぜ母親がそうしたのかは知らないが、とにかく、父親が窮地に陥った時、子どもを会いにいかせると、父親の状況は好転した。母親はそれまでの経験からそれを知ったのだろう。

果たして、三男と四男が行った後、父親が置かれた状況に変化が起きた。

ある日、調査班の班長の王さんは、よその学校に転勤した女教員とばったり会って、雑談するうちに偶然に宋の話が出た。彼女の話のある些細なことが王さんの注意を引いた。宋が彼女の前で、私の父親を懲らしめてやると放言したそうだ。

なぜ、障がいのある父親を目の敵にするのか？　王班長はすぐ宋を問い詰めた。王班長の前で宋は最後まで強情を張っていたが、「嘘の証言をし続けると、お前が主席に不満を抱いていることになるぞ。だって、本人が言っていないのに、ずっと嘘を言っているのはお前だからな」と王班長に一喝され、宋は怯えて嘘だと認めた。そして、宋が父のライバルだった人に操られていたことも分かった。ことの真相がようやく明らかになり、父は学校に復職できた。

七

九時だ。ちょうど九時になった時、転機が訪れた。

警察が現れた。赤いライトを点滅させたパトカーが道路の反対側に止まり、警官がスピーカで呼びかけてきた。「そこの車にいる人、何をしているんですか？」

車を運転して家に帰る途中、子どもをぶったばかりだ。そう答えたかったが、答える気力は私には残っていなかった

二人の警官は高速道路の中央分離帯の柵を乗り越えてきて、私の運転免許証を確認しはじめた。おそらく、監視カメラからずっと点滅していたハザードランプに気づいて飛んできたのだろう。

二人の警官は事情聴取をした。

「なぜ、子どもを後部座席に坐らせないのですか?」と、一人が聞いた。

「そうするつもりでしたけど、息子が嫌がって、言うとおりにしてくれないのです」と私は答えた。

もう一人の警官が助手席へまわってドアを開けた。パトカーと警官を見ると、息子は指を口にくわえたまま、噛むのを止めた。警官が息子の手を引いて車から降りさせようとすると、息子は素直にゆっくりと車から降りた。

警官は言った。「ぼく、私たちは警察だから、もう大丈夫だ」。警官の白いベルトが夜の暗闇の中で白く光っているように見えた。車を降りた息子は、しっかり立ってその警官を見つめていた。意外にも協力的だった。ふと、私はそのわけに思い当たった。

息子は警察に対する認識をもっているのだ。警察の帽子や徽章と白いベルトは、息子にとっ

て知らない世界のものではないのだ。

息子が初めて行方不明になった時、交番で警官と一緒に一晩を過ごしたことがある。あの日、なぜか交番と110番との連絡がうまく取れず、保護者である私に連絡がこなかった。翌朝、交番の警官は息子を直接児童福祉施設に連れて行った。息子が二回目に行方不明になった時も、見つかった息子を私たちのもとに連れ帰ったのは、やはり団地の交番の警官だった。その日、ちょうど昼食を取っていた時、背の高い警官が息子を連れて入ってきて、息子を見つけた経緯を聞かせてくれた。

自閉症の子どもたちは、みな警察のことを知っているのだろうか？　彼らの世界にはどのような権力機構と保護体制があるのか？　それについて私は妄言できない。思うに、それぞれの世界にそれなりの体制があって、それぞれの体制に門番のようなものがある。そして、その門を開く特別の装置を起動させるものがあるのだろう。

ある日、公園で散歩をしていると、あるお婆さんが孫に説教していたのを私は目にした。「警察の仕事はね、悪い人を捕まえることだよ。だから、もしお前が悪いことをしたら警察に捕まえられてしまうよ」、そのお婆さんは孫にそう言い聞かせていた。

自閉症の子どもの世界にもそのような警察体制があるのか？　息子の三段論法はたぶんこうなっているのだろう。

「警察はぼくを助けてくれた」

「ぼくが迷子になった時、警察はぼくのために父さんを見つけてくれた」

「今、警察がやってきた。またぼくを助けるためにきたのだ」

それが息子の頭の中でできている警察の世界であろう。その世界は息子を安心させ、落ち着かせ、協力的にさせた。障がい者にとって、そのような世界をもつことがどんなに大事なことか。かつて、息子の祖父には、そのように安心できる世界はなかった。

息子の祖父は、臆病者、意気地なしと祖母にずっと言われていた。確かに、文革の間、十二年間も批判の対象にされていた息子の祖父は、相手がどんな低い階級の役人でも、自己批判書を書けと言われれば、ビクビクしながら生真面目に書いた。積みあげられた自己批判書は数十センチほどの高さになっていた。「どうして書くのよ。間違ったこと何もしていないのに、なぜ自己批判をしなければいけないの?」と、祖母は納得できずに怒っていた。しかし、障がい者の祖父はいつも気弱だった。

一九九二年、黄という幹部に家を強制的に退去させられ、さんざんいじめられた時もそうだった。祖母がその幹部と喧嘩になりそうになると、祖父はその場から逃げてしまったのだった。「同じ人間じゃないの? 腕一本余分にもっているわけじゃないし、どうして怖がるのよ」、と祖母は祖父を詰った。

息子の祖父は、世界のあらゆる権力を恐れていた。しかし、息子は警官を怖がらなかった。警官に会うと笑顔を見せ、幸運を運んでくれる人が来たと思っているようだ。

一人の警官が車の後部座席のドアを開けると、息子はその指示に従って、車に乗り込み、席に坐ると安全ベルトを締めて車のドアを閉めた。

「もうすぐ濃霧が発生するので、お気を付けて」と、もう一人の警官は私に言った。

「えっ？ これよりもっと強い濃霧ですか？」、私は幾分心細くなった。

「前をよく見て、スピードを落として。真ん中の白線に沿って運転してください」と警官は一旦言葉を切り、また付け加えるように言った。「今日は大晦日ですよ。子どもを連れてこんな霧の深い日に車を運転するなんて、本当に命知らずだね」

車はまた走り出した。

霧の濃い夜道を走行する場合、ヘッドライトをハイビームにするか、それともロービームに切り替えたほうがいいのか？ それは命に関わる問題なので、軽率にはできない。私はハイビームにしたことで、危うく命を落とすところだった。

あの日のような濃霧の中で走行する時、ヘッドライトはまるで役に立たない。べっとりとした濃霧を突き破るほどの力がないからだ。濃い霧は、血肉のように絡み合っている。その親密さは、まるで同じ言葉を話す同郷の人のようであり、兄弟や姉妹のようだ。切り離そうとするほうが無謀に見え、まったく不可能である。濃霧の中でハイビームを点けて運転すると、まわりの霧はまるで海水のように見えて、あたかも大海原を漂い、目標を失った船を操縦しているようだった。船なら海面に浮かんでいるが、車の場合は運転している人が海の中に潜ったり、海の底に沈んだりしているように感じる。荒波に呑まれるだけではなく、海底に潜む怪物に襲われる危険もある。

息子は再び恐怖の悲鳴をあげた。

命を守るにはロービームを点けることだ。照らす範囲は車輪の前の部分だけでいい、十メートルや八メートル先まで照らす必要はなく、三メートル先を照らせば充分だ。それができないなら、一メートル先でもいい。とにかく高速道路の白いセンターラインを照らして走るのだ。その白線こそが生命線と言える。その白線に沿って走り、走って、雲が消え、霧が散ったところまで走り抜けたら助かったことになる。

白線を見つめて運転する時、もっとも大事なのは眼力と集中力だ。両手でハンドルをしっかり握り、前にある霧を突き破りながら進み、白線を注意深く追いながらそれに沿って直進したり、曲がったりすることの繰り返しだ。

息子は後部座席で叫んでいる。だが、声には先程の鋭さがなくなっていた。息子は前のほうに来たがっている。頭を突き出し、フロントガラスの外の濃霧とヘッドライトを見ようとしていた。

「大人しくして！」

「オトナシクシテ！」、息子は鸚鵡返しに言った。

「じっとして！」

「ジットシテ！」、息子はまたはっきりしない言葉で繰り返した。

私の言葉を真似する息子のこの行動から私はヒントを得た。霧の立ち込めた危ない山道で運転していた私にとって、運転に集中できるようにするためには、まず息子をじっとさせなければならない。私には息子を構う時間も体力も残っていなかったし、それより運転に集中しなければならないのだ。

警官が来た時より霧がさらに濃くなった。ベトベトして、血漿のように感じたが、くねくねとした険しい山道に沿って車はひたすら進んでいった。

「正軒、ニーハオ！」と私が言った。

「チョンシュエン、ニーハオ！」、息子は繰り返した。

「パパ」

「パパ」

「パパ、こんにちは」

「パパ、コンニチワ」

「お爺さん、こんにちは」

「オジーサン、コンニチワ」

「お婆さん、こんにちは」

「オバーサン、コンニチワ」……

途切れてはいけない。私がストップすると、息子はすぐ不安そうな顔で私の方を見て声をかけてきそうなので、私はすぐに続けることにした。

「お母さん、こんにちは」

「オカーサン、コンニチワ」

「叔父さん、こんにちは」

「オジサン、コンニチワ」

「叔母さん、こんにちは」

「オバサン、コンニチワ」

「先生、こんにちは」

「センセー、コンニチワ」

ほかに誰がいる？　そうだ。

「お巡りさん、こんにちは」

「オマワリサン、コンニチワ」

「お姉さん、こんにちは」

「オネーサン、コンニチワ」

「お兄さん、こんにちは」

「オニーサン、コンニチワ」

ほかは？　よし、まだあるぞ。

「車さん、こんにちは」

「クルマサン、コンニチワ」

「道さん、こんにちは」

「ミチサン、コンニチワ」

「ハンドル君、こんにちは」

「ハンドルクン、コンニチワ」

ほかに挨拶してあげる相手は？　洋服、帽子、ボタン、靴紐……

それから？　雄鶏と雌鶏、子猫や子犬……

それ以上、挨拶するものはないように思えた。もう言い尽くしたような気がした。それ以上言う言葉を思いつかない。

ふと、私はあることに気付いた。私たちが挨拶してあげるものをつなげていけば、私たちの世界になる。そう思えば、挨拶してあげる相手はまだまだありそうだ。気付かせてくれた息子よ、ありがとう。じゃあ、続けるぞ。

「米さん、こんにちは」

「コメサン、コンニチワ」

「小麦粉さん、こんにちは」

「コムギコサン、コンニチワ」

「さつま芋さん、こんにちは」

「サツマイモサン、コンニチワ」

「南瓜さん、こんにちは」

「カボチャサン、コンニチワ」……

「黒豚さん、こんにちは」

「クロブタサン、コンニチワ」

「赤い鯉さん、こんにちは」

「アカイコイサン、コンニチワ」

「家鴨さん、こんにちは」

「アヒルサン、コンニチワ」……

ほかには？　もうないか？　いや、まだまだあるぞ。

「お日様、こんにちは」

「オヒサマ、コンニチワ」

「お月さん、こんにちは」

「オツキサン、コンニチワ」

「星たちよ、こんにちは」

「ホシタチヨ、コンニチワ」……

これらは私たちが数十年生きてきた世界なのだ。

星の名前を多くは知らないし、川のことも、長江と漢水を除けばよく知らない。飛行機以外の飛行体や海の生き物となると、私はまったくの門外漢だ。未知のものに対して気安く挨拶できない。私のよく知らないものはそのほかにもある。土の中にある鉱物や地下水、地下の岩層、それから土の中の生き物など。それらは地下に潜む恐ろしい怪物のように思えて、気安く言葉をかけることができない。私にはその勇気がない。

しかし、家族や親友、同級生や同僚、不仲の人、嫌な人、それらは私の身近な世界の人である。その中には友人や味方もいれば、敵もいるが、身近にいるだけに毎日彼らと何らかの関わりをもっている。私たちは、理由なく自分のよく知らない人に挨拶したり、正体の分からないものに言葉をかけたりはしない。挨拶できる相手は自分たちの知っている世界のものだ。言える言葉、話す内容は私たちの世界になっている。

自閉症の子どもたちの世界の境界は、どこにあるのだろうか？　それを見つけ出さなければならない。私たちの世界の境界は自分たちが使っている言葉の範囲で決まるが、もっと深く言えば、言葉の範囲は私たちの行動、交際、読書などによって決められている。

障がいのある兄と父親には、彼ら二人なりの世界の境界がある。兄は自転車しか乗れない、計算も金の使い方も、電車やバスの切符の買い方も知らない。そのため、彼の世界は一つの県の範囲内に限られている。自転車一台では、それ以上遠くに行くことが困難だからだ。

父親の場合は足が不自由がため、若い時一度だけ会議に出席するために武漢に行ったことがある。あれは文革前のことだったが、湖北省の組合関係の何かの賞を獲った父は、受賞するために田舎町を出て県へ、県から市へのバスを乗り継いでようやく武漢に辿り着いた。今なら半日あれば行ける道程だが、当時は一週間かかったそうだ。当時のことを今でもはっきり覚えているよと、父は言う。漢口の清芬路にある旅館に泊まったこと、そこの公共浴場に入ったこと、開催側に招待されて、江漢関《ジャンハングアン》（一九二四年に建てられた洋風ビル。税関ビルだったが、今は博物館となっている。）と百年前に造られた鐘楼や、漢口の租界地などを見物したこと……忘れられない思い出になったそうだ。

障がい者である父親の世界も、主に村とその周辺の小さな町に限られている。一生のうちに県の町に行ったのは、数えても五十回に届かないし、襄陽市まで出かけたのも五回以内であり、武漢へは二回。五十年代に一回、もう一回は、二〇〇〇年以降に息子に連れられて行っただけだ。つまり、障がいのある父親の世界は、漢水西岸の幾つかの村と、その周辺の小さな町に限られていると言える。

しかし、私たちは言葉を武器にして自分の世界を見つけ、広めることができる。例えば、父親はその一生をほとんど漢水西岸の村々と周辺の小さな町で過ごしたが、彼には学問があって、教えることもできた。かつて寺での勉強によって、古文の読解力と独学する力を身につけた。それに彼は話が上手で、古文の講釈が得意だ。『三国志演義』や『水滸伝』、『七俠五義』と『岳飛伝』の講釈のいずれもお手の物だった。これらのことが彼にもう一つの世界を開いた。その世界で彼の仕事は順調に進み、人々からの尊敬を博した。

あの大晦日の夜、霧の立ち込めていた帰省の途中、息子と対話をしていくなかで私はふと、何かに啓発されて目を洗われる思いをした。息子と一緒に息子の世界を探索し続けることが、自分の世界を見出すことにもなる、ということに気づいた。

息子は母親に会えなくなって約十年になる。きっと会いたいだろう。息子の養育を放棄した母親も、きっと息子に会いたがっているだろう。彼女はきっと自責の念に苛まれ、不安な気持ちで過ごしているだろう。息子の母親は、ただ経済力がなく、生活に追われ、日常に流されて平凡な人間の世界に堕ちただけなのだ。

では、母親に挨拶しよう。

「ママ、こんにちは」

「ママ、コンニチワ」

二人は一人ずつ言葉を紡いでいった。

「ママ、大好き」

「ママ、ダイスキ」

「ママはぼくに会いたい」

「ママワボクニアイタイ」

「ぼくもママに会いたい」

「ボクモママニアイタイ」……

……

「ママ、ご飯を作ってくれた」

「ママ、ゴハンヲツクッテクレタ」

「ママにご飯を作ってあげる」

「ママニゴハンヲツクッテアゲル」

「ママ、洗濯してくれた」

「ママ、センタクシテクレタ」

「ママ、今度ぼくがしてあげる」

「ママ、コンドボクガシテアゲル」

……

言える言葉、他に言いいたいことはあるだろうか？　まだある！　さあ、二人で一つずつ探していこう。

「学校に行きたい」

「ガッコウニイキタイ」

「ママ、ぼくは学校に行く」

「ママ、ボクハガッコウニイク」

「優秀な学生になる」

「ユウシュウナガクセイニナル」

「級長になる」

「キューチョウニナル」

「えっ、級長になりたいか？」

「エッ、キューチョウニナリタイカ」

「級長になりたいんだ」

「キューチョウニナリタインダ」

……

まだあるのか？　ある！　では、続けよう。

「恋をしたい」

「コイヲシタイ」

「恋をしたいのか？」

「コイヲシタイノカ」

「なぜ、いけない？」

「ナゼ、イケナイ」

「彼女がほしい」

「カノジョガホシイ」

「えっ？　お前が？」

「エッ、オマエガ」

「なぜ、だめなの？」

「ナゼ、ダメナノ」

「嫁さんを探すの？」

「ヨメサンヲサガスノ」

「そうだよ。嫁さんをもらう」

「ソウダヨ。ヨメサンヲモラウ」

「ハアハア」

「ハアハア」

……

息子よ、続けよう。

「子どもがほしい」

「コドモガホシイ」

「言葉のできる子どもが」

「コトバノデキルコドモガ」

……

八

随州の県境にさしかかった時、突然状況が一転した。立ち込めていた霧が薄くなり、その中から月が顔を覗かせた。

いいぞ。私は車を加速させた。

濃霧は散り始めると瞬く間に消えていった。かつて大学受験直前の私にあった絶望感、また、長く冤罪にかけられた父が抱いていた絶望感もそうだった。状況が好転すると、絶望は跡形もなく消えていった。

武漢の家を出た時、ある情報を得ていた。北京三〇一病院でリタイアした著名な漢方医の専門家が診察するという慈善活動が行われるそうだ。受診のチャンスを逃がさないように、と友人が勧めてくれたが、私はまだ行くことをためらっていた。

濃霧から抜け出し、月明かりが降り注ぐ道路を走り出した時、私は決心した。息子を連れて受診してみよう、と。

その時、携帯電話が鳴りだした。恐怖から完全に抜けだせずにいた私は、電話に出られなかった。

着信音はずっと鳴り続けた。

もし、一回あるいは数回鳴って止んだら、誰からの電話なのか私には判断できない。しかし、今のは違う。こんな遅い時間に私と息子のことを気にして根気よく電話をかけてくるのは、きっと息子の祖母であろう。

なぜなら、今日は大晦日なのだから。


（完）

注

（1）玉皇大帝と王母娘々の第七の娘である七仙女が人間の男性・董永に恋をする異類婚姻譚のひとつ。中国では、『董永与七仙女（董永と七仙女）』の名で知られ、中国の四大民間説話の一つである。

（2）神農氏：炎帝神農のこと。古代中国の伝承に登場する三皇五帝の一人。人々に医療と農耕の術を教えたという。

（3）陰証発斑のこと。冷え性による皮膚病の一種。手足や胸部と背中など赤い斑点が見られ、倦怠感や手足の冷えなどの症状がある。

（4）骨蒸病：病気の長期化により体質が虚弱になり、骨の内部から熱を感じる症状である。（『外台秘要』巻十三による）

（5）土家族：湖北省と湖南省の県界に住んでいる。人口約八百万人、中国の民族の中で八番目に多い。言語はチベット・ビルマ語派に属する。長く漢族と交わって暮らしてきたため、現在ではトゥチャ語を母語とする人口は十万人程度とされ、ほとんどが中国語を母語としている。

（6）麝香：ジャコウジカの雄の下腹部にある鶏卵大の包皮腺（香嚢）から得られる香料。紫褐色の顆粒で芳香がきわめて強く、強心剤、気つけ薬など種々の薬料としても用いられる。

（7）神農架：神農が、ここで薬草を採って医薬の道を開いたという伝承から名付けられた。一九七〇年に設けられた林区で、総面積三二五三㎢、自然保護区として管理され、数多くの固有種や絶滅危惧種が生息する野生動物の宝庫である。二〇一六年に世界遺産として登録された。

（8）『黄帝内経』：現存する中国最古の医学書。古くは『鍼経』九巻と『素問』九巻があったとされているが、これら九巻本は散逸して現存せず、現在は王冰の編纂した『素問』と『霊枢』が元になったものが伝えられている。黄帝が岐伯を始め幾人かの学者に日常の疑問を問うたところから『素問』と呼ばれ、問答形式で記述されている。二〇一一年、ユネスコが主催する世界記録遺産にも登録された。

（9）赤脚医生：一九六〇年代から一九八〇年代にかけての中国の農村において、最小限の基本的な医学および救急医療の訓練を受け、医者として働いていた農民。正式には「郷村医生」と呼ばれていた。

（10）六〇〜七〇年代まで、教育資金が不足していたため、多くの山村小学校では、机はレンガで積み上げたものを、椅子は生徒に自宅から持ってこさせたものを使っていた。

（11）文化大革命：中国で一九六六年から一九七六年まで続き、一九七七年に終結宣言がなされた。毛沢東主導による文化改革運動を装った奪権運動、政治闘争である。

（12）工分：人民公社（一九五八年から一九八二年まで）などで労働量を計算する単位。労働の軽重、技術の高低、仕事の出来栄えなどによって一人が一日働く労働量を点数に直して試算するもので、一般に一日の労働を十点とする。

（13）城中村：郊外に開発された集合住宅地、家賃が安いため主に出稼ぎ労働者に貸している。

（14）人民公社：かつて中国の農村に存在した組織。一郷一社の規模を基本単位とし、末端行政機関であると同時に集団所有制の下に、工業、農業、商業等の経済活動のみならず、教育、文化さらには軍事の機能を営んだ。

（15）請負制：生産責任制の別称。一九八〇年代前半に中国の農村で推進された経済改革の一つ。農民は政府から生産を請負うが、農民は一定数量の農作物を国家に上納する以外の余った農作物を農民が自由に処分し、自由市場で販売してよいという取り決めである。農民は収入を得るために、農業活動に積極的になり、農業生産性が向上した。

(16) 中国では、戸籍は都市戸籍と農村戸籍の二つに分類されて管理され、戸籍の移転を伴う移動とりわけ農村から都市への移動を厳しく制限していた。農村戸籍をもつ人は都市に移転しても都市住民と同じ社会保障は受けられない。そのため、農村の人は何とかして都市戸籍を取得しようとしていた。後に八十年代に緩和された。

(17) 道士：道教を信奉し、道教の教義にしたがった活動を職業とする者、精進料理を食べ、修養を重んじる。

(18) 生産隊：農業生産に関する中国人民公社（一九五六～一九七八年）の基本的採算単位、二〇戸から三〇戸の生産隊を基本単位として土地を集団所有し、生産・分配の意思決定権をもっていた。

(19) 湖北省西北部または河南省南部の名物。塩漬けした胡麻の葉を保存食として、野菜の少ない冬期に重宝されていた。

(20) 民営学校：村や町が出資して経営する小中学校。一九五八年以後、人民公社が経営し、国が補助をしていた。その教員は公務員の身分を持たない。

(21) 「農業は大寨に学べ」：一九六三年、毛沢東によって組織されたキャンペーン。中国全土の農民が山西省大寨村の農民の例から、自己犠牲と政治活動を実践することを奨励した。

(22) ガリ版：当時の印刷方法の一つで、ろう原紙に鉄筆を用いて書いた書類や試験問題を手動のローラーにインクを付けて印字するという仕組みである。

(23) 労働改造：文革大革命期に中国で実施されていた反革命犯及び刑事犯の矯正処遇政策。

【扉絵作者】

祝羽辰（ズウ・ユーツン）

二〇〇〇年武漢生まれ、自閉症患者。二〇一二年、集中力を養う目的で絵の勉強を始めたことが、絵の才能を発揮する契機となった。その後絵を描き続けてきた。明るい色彩と豊かな想像力もつその作品は、度々ネットや画展に取り上げられ、美術館に収蔵された作品もある。

訳者あとがき——苦境のなかで新たに見えたもの

新型コロナウイルスの世界的な流行から、もうすぐ三年が経ちます。外出自粛や休業要請、テレワークやソーシャル・ディスタンスなどの言葉を日常的に耳にするようになっているなか、人との交流が激減し、以前からあった格差問題などの社会的な歪みが、より顕著になったと感じています。閉塞感や孤独感が深まるにつれ、社会の分断は経済的な面に留まらず、私たちの心にまで及んだのではという不安に苛まれる時もありました。そんな状況のなかで普玄氏の『痛むだろう、指が』に出会いました。

『痛むだろう、指が』(原題：『疼痛吧指头』)は、はじめ中国の雑誌『収穫』の二〇一七年長編小説特集に掲載され、同年の「ノンフィクション文学優秀作品ランキング」の二位に選出されました。翌年、長江文芸出版社から単行本として出版され、同年十月に「第三回施耐庵文学賞」も受賞しました(同賞の受賞者には賈平凹や金宇澄などの有名作家がいます)。いま、来春の公開を目指して映画化が進められているところです。

この作品は、作者普玄さんの実体験に基づいています。彼とその息子の自閉症児との苦難に満ちた十数年の道程が綴られていますが、それは同時に人間として成長していく父子の物語にもなっています。多くの治療法を試し、さまざまな訓練を受け続けたにもかかわらず、ほとんど効果が見られず、病的な発作と自傷行為の繰り返しによって、父子は精神的にも体力的にも限界に追い詰められていきます。諦めるべきか、前進すべきか？　前進するならどの方向へ？　前進する力はどうすれば手に入るのか？　長期にわたる消耗戦を強いられる多くの家庭は、経済的な重荷に圧し潰れそうになって、同じような選択と決断を迫られることでしょう。

自閉症児の家族は、まさに作者が描いたように、深い霧の中に閉じ込められ、それでも手探りしながら前進するしかないという状況に置かれてしまいます。その長くてつらい過程において、希望を見失う時もあれば、豁然と希望の光を見出す時もあるでしょう。絶望を直視しながらやり過ごす知恵、苦境を乗り越えて新たな可能性を見出す力を持たなければ、親がその苦難に耐えていくのは困難ではないかと思われます。人間のできることには限界がありますから、病気や障がいを完全になくすことはできません。しかし、病気や障がいを克服していく過程の中に視点を変えてみれば、自ずから進む道を照らす光が見えてくることもあるかもしれません。

自閉症の子どもの親や養護訓練センターの先生たちは、「星の子」の世界とこちらの世界との接点を探り、心を通わせる通路を見つけようと知恵を絞り、手を尽くしました。しかし、残念なことに、善意あるそれらの試みにも関わらず、現実は厳しいものでした。しかし、それでも作者は、「絶望は、いつも人間が一番弱っている時に現れ、人間と睨み合うのだ。それでは、人間はどうすればいいのか？　ほうっておくのだ。成りゆきに任せ、現実を受け入れるしかないのだ」、「絶望から目を逸らすな。石や硬い氷の塊を見つめる時のように、どんなに頑固なものでも消えてなくなる時が来る。時が来れば絶望は溶けて消える」と述懐します。その言葉の中には、数々の苦難を乗り越えてきた普玄さんの、絶望との向き合い方のヒントが隠されています。

コロナの流行のため、普玄さんとはまだ直接に一度も会えていませんが、翻訳を始めてから何度も電話などで話をする機会がありました。私の質問に限らず、作品に関して様々のことを真剣に語ってくださいました。その中でとくに印象深かったのは、次の述懐です。「障がいをもつ息子を養い、その人生を支えているのは自分だとずっと思い込んでいました。しかし、じつは私を成長させ、生かしてくれたのは息子のほうなのだと、ある時に気づきました。それを気づかせてくれたのは、父と兄という二人の障がい者と生きてきた私の母だったのです」。健常者と障がい者との関係をどのように捉えるべきか、改めて考えさせられる言葉でした。

作品は発表されてから、中国で社会的な話題作として注目を集めました。自閉症や発達障害の子どもの親たちのみならず、病気のために苦しんでいる人たちの間にも大きな反響を呼びおこしました。差別されることを恐れ、すべての苦しみや重圧をひとりで堪えねばならなかった自分に勇気と希望が与えられた、という内容の手紙が作者の元に多く寄せられたそうです。

現代都市文明の発達は、私たちの生活環境にどのような影響を与えているのか？　利益や効率を追求するあまり、現代人は生命の神聖さを軽視しているのではないかと自省する作者は、愛惜するように、桃源郷さながらの自然豊かで民風淳朴な山里を描き出しています。木々の青々と茂る山、うねうねと延びていく古道、川筋に沿って点在する村落、囲炉裏を囲んでまどろみ、お茶を啜る山の民……。人情や風俗の原風景が織り込まれたこのノンフィクション小説は、大地の清々《すがすが》しさと生命の鼓動をも感じさせてくれます。

今、百年に一度のパンデミックに加えて戦禍までもが重なって、多くの人が経験したことのない苦境に立たされています。この困難な時期に、作品に込められた熱いメッセージと、ぜひ日本の方々にも読んでいただきたいという作者の強い希望とともに、この作品をお届けします。この作品が難局に立ち向かう方々にとって、ひとつの応援歌になることを心から願っています。

末筆ながら、この本の出版にあたり、勉誠社の和久幹夫様、武内可夏子様にはたいへんお世話になりました。また、貴重なアドバイスをいただいた徳間佳信先生、翻訳のネイティブチェックを根気強くしてくださった関口美幸先生、多くの質問に懇切丁寧に答えてくださった作者の普玄さんとその弟の陳少揚さんに心から感謝いたします。
この場をお借りして、ご協力くださった方々に深く御礼を申し上げます。

二〇二二年十一月十四日

倉持リツコ

著者略歴

普 玄（ふげん　PuXuan）

1968年生まれ、湖北省谷城県の人。中国作家協会に所属する作家、武漢在住。2017年文学誌『収穫』ノンフィクション小説賞、2018年第三回施耐庵文学賞、2019年第二回呉承恩長編小説賞を受賞。

数多くの短編作品のほかに、中篇作品に『太陽刻度』（2019年）、『月光罩灯』（2014年）など、長篇作品に『雪地密碼』（2000年）、『逃跑的老板』（2017年）、『五十四種孤単』（2017年）などがある。

訳者略歴

倉持リツコ（くらもち・りつこ）

1963年生まれ。（公財）文化・国際交流財団職員、司法通訳人、翻訳者。

翻訳書に「明君か？　梟雄か？—『三国志演義』の劉備像」（『三国志論集』共訳、汲古書院、2016年）、「生・一枚の紙切れ」（普玄著、ひつじ書房、2021年）、『翻訳集—中国が描く日本の戦争』（共訳、中国文庫株式会社出版、2022年）、論文に「丹羽文雄「厭がらせの年齢」における「非情」」（大東文化大学日本文学会、2019年）、「『破戒』以前の部落問題文芸作品」（『島崎藤村学会誌』第46号、2019年）などがある。

痛むだろう、指が

2023年2月1日　初版発行

著　者　普　玄

訳　者　倉持リツコ

制　作　株式会社勉誠社

発　売　勉誠出版株式会社

〒101-0061　東京都千代田区神田三崎町 2-18-4

TEL：(03)5215-9021(代)　FAX：(03)5215-9025

印　刷
製　本　中央精版印刷

ISBN978-4-585-39021-3　C0097

コレクション中国同時代小説
小陶一家の農村生活

一九六九年、南京から蘇北（江蘇省北部）の農村に移住した作家・老陶。躍動する時代のなかで新たな土地に根を下ろすべく生きていく家族の姿を描く自伝的長篇。

韓東 著／飯塚容 訳・本体三六〇〇円（＋税）

コレクション中国同時代小説
落日　とかく家族は

道徳観や倫理意識が希薄になっている現代を背景に、肉親どうしの打算と愛憎と相克を、冷酷な筆致で客観的に描く。他『父のなかの祖父』など中篇2篇を収録。

方方 著／渡辺新一 訳・本体三六〇〇円（＋税）

コレクション中国同時代小説
旧跡　血と塩の記憶

四川省の架空の町・銀城を舞台に、国共内戦から文化大革命を経て、改革開放に至るまでの劇的な社会の変遷を、塩業を営む大家族三代の歴史として描く大河小説。

李鋭 著／関根謙 訳・本体三六〇〇円（＋税）

コレクション中国同時代小説
今夜の食事をお作りします

見知らぬ他人のために夕食を作るという奇妙な〈浮気〉の果てに、彼女が気づいた心理とは…。他「プーチラン停車場の十二月八日」など6篇の注短編を収録。

遅子建 著／竹内良雄・土屋肇枝 訳・本体三六〇〇円（＋税）